Jorge Luis Borges nació el 24 de agosto de 1899 en Buenos Aires. En 1914 se mudó con su familia a Suiza y vivió también unos años en España, donde comenzó a publicar en distintas revistas literarias. En 1921, de regreso en Buenos Aires, participó activamente en la vida cultural del momento; fundó las revistas *Prisma* y *Proa*, y firmó el primer manifiesto ultraísta. En 1923 publicó su libro de poesía *Fervor de Buenos Aires* y en 1935, el libro de relatos *Historia universal de la infamia.* En las décadas siguientes su obra crece: publica diversos libros de poesía, cuentos y ensayos, así como numerosos trabajos en colaboración, como *Antología de la literatura fantástica*, con Adolfo Bioy Casares y Silvina Ocampo. Fue presidente de la Sociedad Argentina de Escritores, director de la Biblioteca Nacional, miembro de la Academia Argentina de Letras, profesor universitario y conferencista. Recibió importantes distinciones de gobiernos extranjeros, y el título de doctor *honoris causa* de las universidades de Columbia, Yale, Oxford, Michigan, Santiago de Chile, La Sorbona y Harvard. Entre los premios que obtuvo, cabe destacar el Premio Nacional de Literatura (Argentina, 1956), el Formentor (España, 1961) y el Cervantes en 1979. Su obra ha sido traducida a más de veinticinco idiomas, y actualmente Jorge Luis Borges es considerado uno de los más importantes autores en lengua hispana de todos los tiempos. Murió en Ginebra el 14 de junio de 1986.

JORGE LUIS BORGES

El Aleph

PENGUIN CLÁSICOS

Papel certificado por el Forest Stewardship Council®

MIXTO
Papel | Apoyando la silvicultura responsable
FSC® C117695

Penguin Random House Grupo Editorial

Primera edición: junio de 2025
Primera reimpresión: octubre de 2025

Travessera de Gràcia, 47-49. 08021 Barcelona
Diseño de la colección: Penguin Random House

Printed in Spain – Impreso en España

ISBN: 978-84-9105-740-6
Depósito legal: B-6.343-2025

Impreso en Black Print CPI Ibérica
Sant Andreu de la Barca (Barcelona)

PG 5 7 4 0 6

Sobre esta colección

En 1934, al regresar a Londres tras visitar a su amiga Agatha Christie, el joven editor Allen Lane hizo un alto en el quiosco de libros de la estación Exeter St Davids y notó que solo se vendían libros caros y de mala calidad. Comprendió que al público lector le haría falta justo lo contrario: buenos libros a un precio asequible. Al año siguiente fundó con sus dos hermanos Penguin Books, la empresa con la que creó el libro de bolsillo e inició una revolución editorial en todo el mundo.

El primer lote de libros de Penguin se lanzó en julio de 1935 y consistió en diez títulos. Los libros tenían un diseño distintivo y uniforme: cubiertas con dos bandas horizontales de color naranja y el logotipo de un pingüino impreso en el frontal. Esta uniformidad contribuyó a que fueran fácilmente reconocibles, mientras que la calidad de la selección demostraba el atractivo de la colección. En los diez meses siguientes al lanzamiento se vendieron más de un millón de ejemplares a seis peniques cada uno.

Los hitos siguieron sucediéndose. En su afán por acercar los libros al público, en 1937 Lane ideó la Penguincubator, una máquina expendedora que ofrecía una selección de libros de bolsillo en la estación de Charing Cross Road, Londres, para que nadie se quedara sin su libro al esperar el tren. Con mayor impacto aún, en 1946 la empresa lanzó la colección Penguin Classics, a fin de que los mejores libros jamás escritos estuviesen a disposición de todos. Su primer título, la *Odisea* en traducción de E. V. Rieu, se convirtió en un best seller.

En la actualidad, Penguin Clásicos, heredera de Penguin Books, sigue haciendo honor a los principios fundadores de Allen Lane. Y con ello bien presente esta serie de clásicos quiere rendir homenaje al diseño original que tanto contribuyó a crear un referente en el mundo de la lectura.

El Aleph

El inmortal

Solomon saith: *There is no new thing upon the earth.* So that as Plato had an imagination, *that all knowledge was but remembrance*; so Solomon giveth his sentence, *that all novelty is but oblivion.*

FRANCIS BACON: *Essays* LVIII

En Londres, a principios del mes de junio de 1929, el anticuario Joseph Cartaphilus, de Esmirna, ofreció a la princesa de Lucinge los seis volúmenes en cuarto menor (1715-1720) de la *Ilíada* de Pope. La princesa los adquirió; al recibirlos, cambió unas palabras con él. Era, nos dice, un hombre consumido y terroso, de ojos grises y barba gris, de rasgos singularmente vagos. Se manejaba con fluidez e ignorancia en diversas lenguas; en muy pocos minutos pasó del francés al inglés y del inglés a una conjunción enigmática de español de Salónica y de portugués de Macao. En octubre, la princesa oyó por un pasajero del Zeus que Cartaphilus había muerto en el mar, al regresar a Esmirna, y que lo habían enterrado en la isla de Ios. En el último tomo de la *Ilíada* halló este manuscrito.

El original está redactado en inglés y abunda en latinismos. La versión que ofrecemos es literal.

I

Que yo recuerde, mis trabajos empezaron en un jardín de Tebas Hekatómpylos, cuando Diocleciano era emperador. Yo había militado (sin gloria) en las recientes guerras egipcias, yo era tribuno de una legión que estuvo acuartelada en Berenice, frente al Mar Rojo: la fiebre y la magia consumieron a muchos hombres que codiciaban magnánimos el acero. Los mauritanos fueron vencidos; la tierra que antes ocuparon las ciudades rebeldes fue dedicada eternamente a los dioses plutónicos; Alejandría, debelada, imploró en vano la misericordia del César; antes de un año las legiones reportaron el triunfo, pero yo logré apenas divisar el rostro de Marte. Esa privación me dolió y fue tal vez la causa de que yo me arrojara a descubrir, por temerosos y difusos desiertos, la secreta Ciudad de los Inmortales.

Mis trabajos empezaron, he referido, en un jardín de Tebas. Toda esa noche no dormí, pues algo estaba combatiendo en mi corazón. Me levanté poco antes del alba; mis esclavos dormían, la luna tenía el mismo color de la infinita arena. Un jinete rendido y ensangrentado venía del oriente. A unos pasos de mí, rodó el caballo. Con una tenue voz insaciable me preguntó en latín el nombre del río que bañaba los muros de la ciudad. Le respondí que era el Egipto, que alimentan las lluvias. "Otro es el río que persigo", replicó tristemente, "el río secreto que purifica de la muerte a los hombres". Oscura sangre le manaba del pecho. Me dijo que su patria era una montaña que está del otro lado del Ganges y que en esa montaña era fama que si alguien caminaba hasta el occidente, donde se acaba el mundo, llegaría al río cuyas aguas dan la inmortalidad. Agregó que en la margen ulterior se eleva la Ciudad de los Inmortales, rica en baluartes y anfiteatros y templos. Antes de la aurora murió, pero yo determiné descubrir la ciudad y su río. Interrogados por el verdugo, algunos prisioneros mauritanos confirmaron la relación del viajero; alguien recordó la llanura elísea, en el término de la tierra, donde la vida de los hombres es perdurable; alguien, las cumbres donde nace el Pactolo, cuyos moradores viven un siglo. En Roma, conversé con filósofos que sintieron que dilatar la vida de los hombres era dilatar su agonía y multiplicar el número de sus muertes. Ignoro si creí alguna vez en la Ciudad de los Inmortales: pienso que entonces me bastó la tarea de buscarla. Flavio, procónsul de Getulia, me entregó doscientos soldados para la empresa. También recluté mercenarios, que se dijeron conocedores de los caminos y que fueron los primeros en desertar.

Los hechos ulteriores han deformado hasta lo inextricable el recuerdo de nuestras primeras jornadas. Partimos de Arsinoe y entramos en el abrasado desierto. Atravesamos el país de los trogloditas, que devoran serpientes y carecen del comercio de la palabra; el de los garamantas, que tienen las mujeres en común y se nutren de leones; el de los augilas, que sólo veneran el Tártaro. Fatigamos otros desiertos, donde es negra la arena, donde el viajero debe usurpar las horas de la noche, pues el fervor del día es intolerable. De lejos divisé la montaña que dio nombre al Océano: en sus laderas crece el euforbio, que anula los venenos; en la cumbre habitan los sátiros, nación de hombres ferales y rústicos, inclinados a la lujuria. Que esas regiones bárbaras, donde la tierra es madre de monstruos, pudieran albergar en su seno una ciudad famosa, a todos nos pareció inconcebible. Proseguimos la marcha, pues hubiera sido una afrenta retroceder. Algunos temerarios durmieron con la cara expuesta a la luna; la fiebre los ardió; en el agua depravada de las cisternas otros bebieron la locura y la muerte. Entonces comenzaron las deserciones; muy poco después, los motines. Para reprimirlos, no vacilé ante el ejercicio de la severidad. Procedí rectamente, pero un centurión me advirtió que los sediciosos (ávidos de vengar la crucifixión de uno de ellos) maquinaban mi muerte. Huí del campamento con los pocos soldados que me eran fieles. En el desierto los perdí, entre los remolinos de arena y la vasta noche. Una flecha cretense me laceró. Varios días erré sin encontrar agua, o un solo enorme día multiplicado por el sol, por la sed y por el temor de la sed. Dejé el camino al arbitrio de mi caballo. En el alba, la lejanía se erizó de pirámides y de torres. Insoportablemente soñé con un exiguo y nítido laberinto: en el centro había un cántaro; mis manos casi lo tocaban, mis ojos lo veían, pero tan intrincadas y perplejas eran las curvas que yo sabía que iba a morir antes de alcanzarlo.

II

Al desenredarme por fin de esa pesadilla, me vi tirado y maniatado en un oblongo nicho de piedra, no mayor que una sepultura común, superficialmente excavado en el agrio declive de una montaña. Los lados eran húmedos, antes pulidos por el tiempo que por la industria. Sentí en el pecho un doloroso latido, sentí que me abrasaba la sed. Me asomé y grité débilmente. Al pie de la montaña se dilataba sin rumor un arroyo impuro, entorpecido por escombros y arena; en la opuesta margen resplandecía (bajo el último sol o bajo el primero) la evidente Ciudad de los Inmortales. Vi muros, arcos, frontispicios y foros: el fundamento era una meseta de piedra. Un centenar de nichos irregulares, análogos al mío, surcaban la montaña y el valle. En la arena había pozos de poca hondura; de esos mezquinos agujeros (y de los nichos) emergían hombres de piel gris, de barba negligente, desnudos. Creí reconocerlos: pertenecían a la estirpe bestial de los trogloditas, que infestan las riberas del Golfo Arábigo y las grutas etiópicas; no me maravillé de que no hablaran y de que devoraran serpientes.

La urgencia de la sed me hizo temerario. Consideré que estaba a unos treinta pies de la arena; me tiré, cerrados los ojos, atadas a la espalda las manos, montaña abajo. Hundí la cara ensangrentada en el agua oscura. Bebí como se abrevan los animales. Antes de perderme otra vez en el sueño y en los delirios, inexplicablemente repetí unas palabras griegas: *Los ricos teucros de Zelea que beben el agua negra del Esepo...*

No sé cuántos días y noches rodaron sobre mí. Doloroso, incapaz de recuperar el abrigo de las cavernas, desnudo en la ignorada arena, dejé que la luna y el sol jugaran con mi aciago destino. Los trogloditas, infantiles en la barbarie, no me ayudaron a sobrevivir o a morir. En vano les rogué que me dieran muerte. Un día, con el filo de un pedernal rompí mis ligaduras. Otro, me levanté y pude mendigar o robar —yo, Marco Flaminio Rufo, tribuno militar de una de las legiones de Roma— mi primera detestada ración de carne de serpiente.

La codicia de ver a los Inmortales, de tocar la sobrehumana Ciudad, casi me vedaba dormir. Como si penetraran mi propósito, no dormían tampoco los trogloditas: al principio inferí que me vigilaban; luego, que se habían contagiado de mi inquietud, como podrían contagiarse los perros. Para alejarme de la bárbara aldea elegí la más pública de las horas, la declinación de la tarde, cuando casi todos los hombres emergen de las grietas y de los pozos y miran el poniente, sin verlo. Oré en voz alta, menos para suplicar el favor divino que para intimidar a la tribu con palabras articuladas. Atravesé el arroyo que los médanos entorpecen y me dirigí a la Ciudad. Confusamente me siguieron dos o tres hombres. Eran (como los otros de ese linaje) de menguada estatura; no inspiraban temor, sino repulsión. Debí rodear algunas hondonadas irregulares que me parecieron canteras; ofuscado por la grandeza de la Ciudad, yo la había creído cercana. Hacia la medianoche, pisé, erizada de formas idolátricas en la arena amarilla, la negra sombra de sus muros. Me detuvo una especie de horror sagrado. Tan abominadas del hombre son la novedad y el desierto que me alegré de que uno de los trogloditas me hubiera acompañado hasta el fin. Cerré los ojos y aguardé (sin dormir) que relumbrara el día.

He dicho que la Ciudad estaba fundada sobre una meseta de piedra. Esta meseta comparable a un acantilado no era menos ardua que los muros. En vano fatigué mis pasos: el negro basamento no descubría la menor irregularidad, los muros invariables no parecían consentir una sola puerta. La fuerza del día hizo que yo me refugiara en una caverna; en el fondo había un pozo, en el pozo una escalera que se abismaba hacia la tiniebla inferior. Bajé; por un caos de sórdidas galerías llegué a una vasta cámara circular, apenas visible. Había nueve puertas en aquel sótano; ocho daban a un laberinto que falazmente desembocaba en la misma cámara; la novena (a través de otro laberinto) daba a una segunda cámara circular, igual a la primera. Ignoro el número total de las cámaras; mi desventura y mi ansiedad las multiplicaron. El silencio era hostil y casi perfecto; otro rumor no había en esas profundas redes de piedra que un viento subterráneo, cuya causa no descubrí; sin ruido se perdían entre las grietas hilos de agua herrumbrada. Horriblemente me habitué a ese dudoso mundo; consideré increíble que pudiera existir otra cosa que sótanos provistos de nueve puertas y que sótanos largos que se bifurcan. Ignoro el tiempo que debí caminar bajo tierra; sé que alguna vez confundí, en la misma nostalgia, la atroz aldea de los bárbaros y mi ciudad natal, entre los racimos.

En el fondo de un corredor, un no previsto muro me cerró el paso, una remota luz cayó sobre mí. Alcé los ofuscados ojos: en lo vertiginoso, en lo altísimo, vi un círculo de cielo tan azul que pudo parecerme de púrpura. Unos peldaños de metal escalaban el muro. La fatiga me relajaba, pero subí, sólo deteniéndome a veces para torpemente sollozar de felicidad. Fui divisando capiteles y astrágalos, frontones triangulares y bóvedas, confusas pompas del granito y del mármol. Así me fue deparado ascender de la ciega región de negros laberintos entretejidos a la resplandeciente Ciudad.

Emergí a una suerte de plazoleta; mejor dicho, de patio. Lo rodeaba un solo edificio de forma irregular y altura variable; a ese edificio heterogéneo pertenecían las diversas cúpulas y columnas. Antes que ningún otro rasgo de ese monumento increíble, me suspendió lo antiquísimo de su fábrica. Sentí que era anterior a los hombres, anterior a la tierra. Esa notoria antigüedad (aunque terrible de algún modo para los ojos) me pareció adecuada al trabajo de obreros inmortales. Cautelosamente al principio, con indiferencia después, con desesperación al fin, erré por escaleras y pavimentos del inextricable palacio. (Después averigüé que eran inconstantes la extensión y la altura de los peldaños, hecho que me hizo comprender la singular fatiga que me infundieron.) *Este palacio es fábrica de los dioses*, pensé primeramente. Exploré los inhabitados recintos y corregí: *Los dioses que lo edificaron han muerto.* Noté sus peculiaridades y dije: *Los dioses que lo edificaron estaban locos.* Lo dije, bien lo sé, con una incomprensible reprobación que era casi un remordimiento, con más horror intelectual que miedo sensible. A la impresión de enorme antigüedad se agregaron otras: la de lo interminable, la de lo atroz, la de lo complejamente insensato. Yo había cruzado un laberinto, pero la nítida Ciudad de los Inmortales me atemorizó y repugnó. Un laberinto es una casa labrada para confundir a los hombres; su arquitectura, pródiga en simetrías, está subordinada a ese fin. En el palacio que imperfectamente exploré, la arquitectura carecía de fin. Abundaban el corredor sin salida, la alta ventana inalcanzable, la aparatosa puerta que daba a una celda o a un pozo, las increíbles escaleras inversas, con los peldaños y la balaustrada hacia abajo. Otras, adheridas aéreamente al costado de un muro monumental, morían sin llegar a ninguna parte, al cabo de dos o tres giros, en la tiniebla superior de las cúpulas. Ignoro si todos los ejemplos que he enumerado son literales; sé que durante muchos años infestaron mis pesadillas; no puedo ya saber si tal o cual rasgo es una transcripción de la realidad o de las formas que desatinaron mis noches. *Esta Ciudad* (pensé) *es tan horrible que su mera existencia y perduración, aunque en el centro de un desierto secreto, contamina el pasado y el porvenir y de algún modo compromete a los astros. Mientras perdure, nadie en el mundo podrá ser valeroso o feliz.* No quiero describirla; un caos de palabras heterogéneas, un cuerpo de tigre o de toro, en el que pulularan monstruosamente, conjugados y odiándose, dientes, órganos y cabezas, pueden (tal vez) ser imágenes aproximativas.

No recuerdo las etapas de mi regreso, entre los polvorientos y húmedos hipogeos. Únicamente sé que no me abandonaba el temor de que, al salir del último laberinto, me rodeara otra vez la nefanda Ciudad de los Inmortales. Nada más puedo recordar. Ese olvido, ahora insuperable, fue quizá voluntario; quizá las circunstancias de mi evasión fueron tan ingratas que, en algún día no menos olvidado también, he jurado olvidarlas.

III

Quienes hayan leído con atención el relato de mis trabajos recordarán que un hombre de la tribu me siguió como un perro podría seguirme, hasta la sombra irregular de los muros. Cuando salí del último sótano, lo encontré en la boca de la caverna. Estaba tirado en la arena, donde trazaba torpemente y borraba una hilera de signos, que eran como las letras de los sueños, que uno está a punto de entender y luego se juntan. Al principio, creí que se trataba de una escritura bárbara; después vi que es absurdo imaginar que hombres que no llegaron a la palabra lleguen a la escritura. Además, ninguna de las formas era igual a otra, lo cual excluía o alejaba la posibilidad de que fueran simbólicas. El hombre las trazaba, las miraba y las corregía. De golpe, como si le fastidiara ese juego, las borró con la palma y el antebrazo. Me miró, no pareció reconocerme. Sin embargo, tan grande era el alivio que me inundaba (o tan grande y medrosa mi soledad) que di en pensar que ese rudimental troglodita, que me miraba desde el suelo de la caverna, había estado esperándome. El sol caldeaba la llanura; cuando emprendimos el regreso a la aldea, bajo las primeras estrellas, la arena era ardorosa bajo los pies. El troglodita me precedió; esa noche concebí el propósito de enseñarle a reconocer, y acaso a repetir, algunas palabras. El perro y el caballo (reflexioné) son capaces de lo primero; muchas aves, como el ruiseñor de los Césares, de lo último. Por muy basto que fuera el entendimiento de un hombre, siempre sería superior al de irracionales.

La humildad y miseria del troglodita me trajeron a la memoria la imagen de Argos, el viejo perro moribundo de la *Odisea*, y así le puse el nombre de Argos y traté de enseñárselo. Fracasé y volví a fracasar. Los arbitrios, el rigor y la obstinación fueron del todo vanos. Inmóvil, con los ojos inertes, no parecía percibir los sonidos que yo procuraba inculcarle. A unos pasos de mí, era como si estuviera muy lejos. Echado en la arena, como una pequeña y ruinosa esfinge de lava, dejaba que sobre él giraran los cielos, desde el crepúsculo del día hasta el de la noche. Juzgué imposible que no se percatara de mi propósito. Recordé que es fama entre los etíopes que los monos deliberadamente no hablan para que no los obliguen a trabajar y atribuí a suspicacia o a temor el silencio de Argos. De esa imaginación pasé a otras, aun más extravagantes. Pensé que Argos y yo participábamos de universos distintos; pensé que nuestras percepciones eran iguales, pero que Argos las combinaba de otra manera y construía con ellas otros objetos; pensé que acaso no había objetos para él, sino un vertiginoso y continuo juego de impresiones brevísimas. Pensé en un mundo sin memoria, sin tiempo; consideré la posibilidad de un lenguaje que ignorara los sustantivos, un lenguaje de verbos impersonales o de indeclinables epítetos. Así fueron muriendo los días y con los días los años, pero algo parecido a la felicidad ocurrió una mañana. Llovió, con lentitud poderosa.

Las noches del desierto pueden ser frías, pero aquélla había sido un fuego. Soñé que un río de Tesalia (a cuyas aguas yo había restituido un pez de oro) venía a rescatarme; sobre la roja arena y la negra piedra yo lo oía acercarse; la frescura del aire y el rumor atareado de la lluvia me despertaron. Corrí desnudo a recibirla. Declinaba la noche; bajo las nubes amarillas la tribu, no menos dichosa que yo, se ofrecía a los vívidos aguaceros en una especie de éxtasis. Parecían coribantes a quienes posee la divinidad. Argos, puestos los ojos en la esfera, gemía; raudales le rodaban por la cara; no sólo de agua, sino (después lo supe) de lágrimas. "Argos", le grité, "Argos".

Entonces, con mansa admiración, como si descubriera una cosa perdida y olvidada hace mucho tiempo, Argos balbuceó estas palabras: "Argos, perro de Ulises". Y después, también sin mirarme: "Este perro tirado en el estiércol".

Fácilmente aceptamos la realidad, acaso porque intuimos que nada es real. Le pregunté qué sabía de la *Odisea*. La práctica del griego le era penosa; tuve que repetir la pregunta.

"Muy poco", dijo. "Menos que el rapsoda más pobre. Ya habrán pasado mil cien años desde que la inventé."

IV

Todo me fue dilucidado, aquel día. Los trogloditas eran los Inmortales; el riacho de aguas arenosas, el río que buscaba el jinete. En cuanto a la ciudad cuyo renombre se había dilatado hasta el Ganges, nueve siglos haría que los Inmortales la habían asolado. Con las reliquias de su ruina erigieron, en el mismo lugar, la desatinada ciudad que yo recorrí: suerte de parodia o reverso y también templo de los dioses irracionales que manejan el mundo y de los que nada sabemos, salvo que no se parecen al hombre. Aquella fundación fue el último símbolo a que condescendieron los Inmortales; marca una etapa en que, juzgando que toda empresa es vana, determinaron vivir en el pensamiento, en la pura especulación. Erigieron la fábrica, la olvidaron y fueron a morar en las cuevas. Absortos, casi no percibían el mundo físico.

Esas cosas Homero las refirió, como quien habla con un niño. También me refirió su vejez y el postrer viaje que emprendió, movido, como Ulises, por el propósito de llegar a los hombres que no saben lo que es el mar ni comen carne sazonada con sal ni sospechan lo que es un remo. Habitó un siglo en la Ciudad de los Inmortales. Cuando la derribaron, aconsejó la fundación de la otra. Ello no debe sorprendernos; es fama que después de cantar la guerra de Ilión, cantó la guerra de las ranas y los ratones. Fue como un dios que creara el cosmos y luego el caos.

Ser inmortal es baladí; menos el hombre, todas las criaturas lo son, pues ignoran la muerte; lo divino, lo terrible, lo incomprensible, es saberse inmortal. He notado que, pese a las religiones, esa convicción es rarísima. Israelitas, cristianos y musulmanes profesan la inmortalidad, pero la veneración que tributan al primer siglo prueba que sólo creen en él, ya que destinan todos los demás, en número infinito, a premiarlo o a castigarlo. Más razonable me parece la rueda de ciertas religiones del Indostán; en esa rueda, que no tiene principio ni fin, cada vida es efecto de la anterior y engendra la siguiente, pero ninguna determina el conjunto... Adoctrinada por un ejercicio de siglos, la república de hombres inmortales había logrado la perfección de la tolerancia y casi del desdén. Sabía que en un plazo infinito le ocurren a todo hombre todas las cosas. Por sus pasadas o futuras virtudes, todo hombre es acreedor a toda bondad, pero también a toda traición, por sus infamias del pasado o del porvenir. Así como en los juegos de azar las cifras pares y las cifras impares tienden al equilibrio, así también se anulan y se corrigen el ingenio y la estolidez, y acaso el rústico *Poema del Cid* es el contrapeso exigido por un solo epíteto de las *Églogas* o por una sentencia de Heráclito. El pensamiento más fugaz obedece a un dibujo invisible y puede coronar, o inaugurar, una forma secreta. Sé de quienes obraban el mal para que en los siglos futuros resultara el bien, o hubiera resultado en los ya pretéritos... Encarados así, todos nuestros actos son justos, pero también son indiferentes. No hay méritos morales o intelectuales. Homero compuso la *Odisea*; postulado un plazo infinito, con infinitas circunstancias y cambios, lo imposible es no componer, siquiera una vez, la *Odisea*. Nadie es alguien, un solo hombre inmortal es todos los hombres. Como Cornelio Agrippa, soy dios, soy héroe, soy filósofo, soy demonio y soy mundo, lo cual es una fatigosa manera de decir que no soy.

El concepto del mundo como sistema de precisas compensaciones influyó vastamente en los Inmortales. En primer término, los hizo invulnerables a la piedad. He mencionado las antiguas canteras que rompían los campos de la otra margen; un hombre se despeñó en la más honda; no podía lastimarse ni morir, pero lo abrasaba la sed; antes que le arrojaran una cuerda pasaron setenta años. Tampoco interesaba el propio destino. El cuerpo era un sumiso animal doméstico y le bastaba, cada mes, la limosna de unas horas de sueño, de un poco de agua y de una piltrafa de carne. Que nadie quiera rebajarnos a ascetas. No hay placer más complejo que el pensamiento y a él nos entregábamos. A veces, un estímulo extraordinario nos restituía al mundo físico. Por ejemplo, aquella mañana, el viejo goce elemental de la lluvia. Esos lapsos eran rarísimos; todos los Inmortales eran capaces de perfecta quietud; recuerdo alguno a quien jamás he visto de pie: un pájaro anidaba en su pecho.

Entre los corolarios de la doctrina de que no hay cosa que no esté compensada por otra, hay uno de muy poca importancia teórica, pero que nos indujo, a fines o a principios del siglo x, a dispersarnos por la faz de la tierra. Cabe en estas palabras: *Existe un río cuyas aguas dan la inmortalidad; en alguna región habrá otro río cuyas aguas la borren*. El número de ríos no es infinito; un viajero inmortal que recorra el mundo acabará, algún día, por haber bebido de todos. Nos propusimos descubrir ese río.

La muerte (o su alusión) hace preciosos y patéticos a los hombres. Éstos conmueven por su condición de fantasmas; cada acto que ejecutan puede ser último; no hay rostro que no esté por desdibujarse como el rostro de un sueño. Todo, entre los mortales, tiene el valor de lo irrecuperable y de lo azaroso. Entre los Inmortales, en cambio, cada acto (y cada pensamiento) es el eco de otros que en el pasado lo antecedieron, sin principio visible, o el fiel presagio de otros que en el futuro lo repetirán hasta el vértigo. No hay cosa que no esté como perdida entre infatigables espejos. Nada puede ocurrir una sola vez, nada es preciosamente precario. Lo elegíaco, lo grave, lo ceremonial, no rigen para los Inmortales. Homero y yo nos separamos en las puertas de Tánger; creo que no nos dijimos adiós.

V

Recorrí nuevos reinos, nuevos imperios. En el otoño de 1066 milité en el puente de Stamford, ya no recuerdo si en las filas de Harold, que no tardó en hallar su destino, o en las de aquel infausto Harald Hardrada que conquistó seis pies de tierra inglesa, o un poco más. En el séptimo siglo de la Héjira, en el arrabal de Bulaq, transcribí con pausada caligrafía, en un idioma que he olvidado, en un alfabeto que ignoro, los siete viajes de Simbad y la historia de la Ciudad de Bronce. En un patio de la cárcel de Samarcanda he jugado muchísimo al ajedrez. En Bikanir he profesado la astrología y también en Bohemia. En 1638 estuve en Kolozsvár y después en Leipzig. En Aberdeen, en 1714, me suscribí a los seis volúmenes de la *Ilíada* de Pope; sé que los frecuenté con deleite. Hacia 1729 discutí el origen de ese poema con un profesor de retórica, llamado, creo, Giambattista; sus razones me parecieron irrefutables. El 4 de octubre de 1921, el *Patna*, que me conducía a Bombay, tuvo que fondear en un puerto de la costa eritrea.[1] Bajé; recordé otras mañanas muy antiguas, también frente al Mar Rojo; cuando yo era tribuno de Roma y la fiebre y la magia y la inacción consumían a los soldados. En las afueras vi un caudal de agua clara; la probé, movido por la costumbre. Al repechar la margen, un árbol espinoso me laceró el dorso de la mano. El inusitado dolor me pareció muy vivo. Incrédulo, silencioso y feliz, contemplé la preciosa formación de una lenta gota de sangre. De nuevo soy mortal, me repetí, de nuevo me parezco a todos los hombres. Esa noche, dormí hasta el amanecer.

...He revisado, al cabo de un año, estas páginas. Me consta que se ajustan a la verdad, pero en los primeros capítulos, y aun en ciertos párrafos de los otros, creo percibir algo falso. Ello es obra, tal vez, del abuso de rasgos circunstanciales, procedimiento que aprendí en los poetas y que todo lo contamina de falsedad, ya que esos rasgos pueden abundar en los hechos, pero no en su memoria... Creo, sin embargo, haber descubierto una razón más íntima. La escribiré; no importa que me juzguen fantástico.

La historia que he narrado parece irreal porque en ella se mezclan los sucesos de dos hombres distintos. En

1. Hay una tachadura en el manuscrito; tal vez el nombre del puerto ha sido borrado.

el primer capítulo, el jinete quiere saber el nombre del río que baña las murallas de Tebas; Flaminio Rufo, que antes ha dado a la ciudad el epíteto de Hekatómpylos, dice que el río es el Egipto; ninguna de esas locuciones es adecuada a él, sino a Homero, que hace mención expresa, en la *Ilíada*, de Tebas Hekatómpylos, y en la *Odisea*, por boca de Proteo y de Ulises, dice invariablemente Egipto por Nilo. En el capítulo segundo, el romano, al beber el agua inmortal, pronuncia unas palabras en griego; esas palabras son homéricas y pueden buscarse en el fin del famoso catálogo de las naves. Después, en el vertiginoso palacio, habla de "una reprobación que era casi un remordimiento"; esas palabras corresponden a Homero, que había proyectado ese horror. Tales anomalías me inquietaron; otras, de orden estético, me permitieron descubrir la verdad. El último capítulo las incluye; ahí está escrito que milité en el puente de Stamford, que transcribí, en Bulaq, los viajes de Simbad el Marino y que me suscribí, en Aberdeen, a la *Ilíada* inglesa de Pope. Se lee, *inter alia*: "En Bikanir he profesado la astrología y también en Bohemia". Ninguno de esos testimonios es falso; lo significativo es el hecho de haberlos destacado. El primero de todos parece convenir a un hombre de guerra, pero luego se advierte que el narrador no repara en lo bélico y sí en la suerte de los hombres. Los que siguen son más curiosos. Una oscura razón elemental me obligó a registrarlos; lo hice porque sabía que eran patéticos. No lo son, dichos por el romano Flaminio Rufo. Lo son, dichos por Homero; es raro que éste copie, en el siglo XIII, las aventuras de Simbad, de otro Ulises, y descubra, a la vuelta de muchos siglos, en un reino boreal y un idioma bárbaro, las formas de su *Ilíada*. En cuanto a la oración que recoge el nombre de Bikanir, se ve que la ha fabricado un hombre de letras, ganoso (como el autor del catálogo de las naves) de mostrar vocablos espléndidos.[1]

Cuando se acerca el fin, ya no quedan imágenes del recuerdo; sólo quedan palabras. No es extraño que el tiempo haya confundido las que alguna vez me representaron con las que fueron símbolos de la suerte de quien me acompañó tantos siglos. Yo he sido Homero; en breve, seré Nadie, como Ulises; en breve seré todos: estaré muerto.

Posdata de 1950. Entre los comentarios que ha despertado la publicación anterior, el más curioso, ya que no el más urbano, bíblicamente se titula *A Coat of Many Colours* (Manchester, 1948) y es obra de la tenacísima pluma del doctor Nahum Cordovero. Abarca unas cien páginas. Habla de los centones griegos, de los centones de la baja latinidad, de Ben Jonson, que definió a sus contemporáneos con retazos de Séneca, del *Virgilius evangelizans* de Alexander Ross, de los artificios de George Moore y de Eliot y, finalmente, de la "narración atribuida al anticuario Joseph Cartaphilus". Denuncia, en el primer capítulo, breves interpolaciones de Plinio (*Historia naturalis*, V. 8); en el segundo, de Thomas de Quincey (*Writings*, III, 439); en el tercero, de una epístola de Descartes al embajador

1. Ernesto Sabato sugiere que el "Giambattista" que discutió la formación de la *Ilíada* con el anticuario Cartaphilus es Giambattista Vico; ese italiano defendía que Homero es un personaje simbólico, a la manera de Plutón o de Aquiles.

Pierre Chanut; en el cuarto, de Bernard Shaw (*Back to Methuselah*, V). Infiere de esas intrusiones, o hurtos, que todo el documento es apócrifo.

A mi entender, la conclusión es inadmisible. "Cuando se acerca el fin", escribió Cartaphilus, "ya no quedan imágenes del recuerdo; sólo quedan palabras." Palabras, palabras desplazadas y mutiladas, palabras de otros, fue la pobre limosna que le dejaron las horas y los siglos.

A Cecilia Ingenieros

El muerto

Que un hombre del suburbio de Buenos Aires, que un triste compadrito sin más virtud que la infatuación del coraje, se interne en los desiertos ecuestres de la frontera del Brasil y llegue a capitán de contrabandistas, parece de antemano imposible. A quienes lo entienden así, quiero contarles el destino de Benjamín Otálora, de quien acaso no perdura un recuerdo en el barrio de Balvanera y que murió en su ley, de un balazo, en los confines de Rio Grande do Sul. Ignoro los detalles de su aventura; cuando me sean revelados, he de rectificar y ampliar estas páginas. Por ahora, este resumen puede ser útil.

Benjamín Otálora cuenta, hacia 1891, diecinueve años. Es un mocetón de frente mezquina, de sinceros ojos claros, de reciedumbre vasca; una puñalada feliz le ha revelado que es un hombre valiente; no lo inquieta la muerte de su contrario, tampoco la inmediata necesidad de huir de la República. El caudillo de la parroquia le da una carta para un tal Azevedo Bandeira, del Uruguay. Otálora se embarca, la travesía es tormentosa y crujiente; al otro día, vaga por las calles de Montevideo, con inconfesada y tal vez ignorada tristeza. No da con Azevedo Bandeira; hacia la medianoche, en un almacén del Paso del Molino, asiste a un altercado entre unos troperos. Un cuchillo relumbra; Otálora no sabe de qué lado está la razón, pero lo atrae el puro sabor del peligro, como a otros la baraja o la música.

Para, en el entrevero, una puñalada baja que un peón le tira a un hombre de galera oscura y de poncho. Éste, después, resulta ser Azevedo Bandeira. (Otálora, al saberlo, rompe la carta, porque prefiere debérselo todo a sí mismo.) Azevedo Bandeira da, aunque fornido, la injustificable impresión de ser contrahecho; en su rostro, siempre demasiado cercano, están el judío, el negro y el indio; en su empaque, el mono y el tigre; la cicatriz que le atraviesa la cara es un adorno más, como el negro bigote cerdoso.

Proyección o error del alcohol, el altercado cesa con la misma rapidez con que se produjo. Otálora bebe con los troperos y luego los acompaña a una farra y luego a un caserón en la Ciudad Vieja, ya con el sol bien alto. En el último patio, que es de tierra, los hombres tienden su recado para dormir. Oscuramente, Otálora compara esa noche con la anterior; ahora ya pisa tierra firme, entre amigos. Lo inquieta algún remordimiento, eso sí, de no extrañar a Buenos Aires. Duerme hasta la oración, cuando lo despierta el paisano que agredió, borracho, a Bandeira. (Otálora recuerda que ese hombre ha compartido con los otros la noche de tumulto y de júbilo y que Bandeira lo sentó a su derecha y lo obligó a seguir bebiendo.) El hombre le dice que el patrón lo manda buscar. En una suerte de escritorio que da al zaguán (Otálora nunca ha visto un zaguán con puertas laterales) está esperándolo Azevedo Bandeira, con una clara y desdeñosa mujer de pelo colorado. Bandeira lo pondera, le ofrece una copa de caña, le repite que le está pareciendo un hombre animoso, le propone ir al norte con los demás a traer una tropa. Otálora acepta; hacia la madrugada están en camino, rumbo a Tacuarembó.

Empieza entonces para Otálora una vida distinta, una vida de vastos amaneceres y de jornadas que tienen el olor del caballo. Esa vida es nueva para él, y a veces atroz, pero ya está en su sangre, porque lo mismo que los hombres de otras naciones veneran y presienten el mar, así nosotros (también el hombre que entreteje estos símbolos) ansiamos la llanura inagotable que resuena bajo los cascos. Otálora se ha criado en los barrios del carrero y del cuarteador; antes de un año se hace gaucho. Aprende a jinetear, a entropillar la hacienda, a carnear, a manejar el lazo que sujeta y las boleadoras que tumban, a resistir el sueño, las tormentas, las heladas y el sol, a arrear con el silbido y el grito. Sólo una vez, durante ese tiempo de aprendizaje, ve a Azevedo Bandeira, pero lo tiene muy presente, porque ser *hombre de Bandeira* es ser considerado y temido, y porque, ante cualquier hombrada, los gauchos dicen que Bandeira lo hace mejor. Alguien opina que Bandeira nació del otro lado del Cuareim, en Rio Grande do Sul; eso, que debería rebajarlo, oscuramente lo enriquece de selvas populosas, de ciénagas, de inextricables y casi infinitas distancias. Gradualmente, Otálora entiende que los negocios de Bandeira son múltiples y que el principal es el contrabando. Ser tropero es ser un sirviente; Otálora se propone ascender a contrabandista. Dos de los compañeros, una noche, cruzarán la frontera para volver con unas partidas de caña; Otálora provoca a uno de ellos, lo hiere y toma su lugar. Lo mueve la ambición y también una oscura fidelidad. *Que el hombre* (piensa) *acabe por entender que yo valgo más que todos sus orientales juntos.*

Otro año pasa antes que Otálora regrese a Montevideo. Recorren las orillas, la ciudad (que a Otálora le parece muy grande); llegan a casa del patrón; los hombres tienden los recados en el último patio. Pasan los días y Otálora no ha visto a Bandeira. Dicen, con temor, que está enfermo; un moreno suele subir a su dormitorio con la caldera y con el mate. Una tarde, le encomiendan a Otálora esa tarea. Éste se siente vagamente humillado, pero satisfecho también.

El dormitorio es desmantelado y oscuro. Hay un balcón que mira al poniente, hay una larga mesa con un resplandeciente desorden de taleros, de arreadores, de cintos, de armas de fuego y de armas blancas, hay un remoto espejo que tiene la luna empañada. Bandeira yace boca arriba; sueña y se queja; una vehemencia de sol último lo define. El vasto lecho blanco parece disminuirlo y oscurecerlo; Otálora nota las canas, la fatiga, la flojedad, las grietas de los años. Lo subleva que los esté mandando ese viejo. Piensa que un golpe bastaría para dar cuenta de él. En eso, ve en el espejo que alguien ha entrado. Es la mujer de pelo rojo; está a medio vestir y descalza y lo observa con fría curiosidad. Bandeira se incorpora; mientras habla de cosas de la campaña y despacha mate tras mate, sus dedos juegan con las trenzas de la mujer. Al fin, le da licencia a Otálora para irse.

Días después, les llega la orden de ir al norte. Arriban a una estancia perdida, que está como en cualquier lugar de la interminable llanura. Ni árboles ni un arroyo la alegran, el primer sol y el último la golpean. Hay corrales de piedra para la hacienda, que es guampuda y menesterosa. *El Suspiro* se llama ese pobre establecimiento.

Otálora oye en rueda de peones que Bandeira no tardará en llegar de Montevideo. Pregunta por qué; alguien aclara que hay un forastero agauchado que está queriendo mandar demasiado. Otálora comprende que es una broma, pero le halaga que esa broma ya sea posible. Averigua, después, que Bandeira se ha enemistado con uno de los jefes políticos y que éste le ha retirado su apoyo. Le gusta esa noticia.

Llegan cajones de armas largas; llegan una jarra y una palangana de plata para el aposento de la mujer; llegan cortinas de intrincado damasco; llega de las cuchillas, una mañana, un jinete sombrío, de barba cerrada y de poncho. Se llama Ulpiano Suárez y es el *capanga* o guardaespaldas de Azevedo Bandeira. Habla muy poco y de una manera abrasilerada. Otálora no sabe si atribuir su reserva a hostilidad, a desdén o a mera barbarie. Sabe, eso sí, que para el plan que está maquinando tiene que ganar su amistad.

Entra después en el destino de Benjamín Otálora un colorado cabos negros que trae del sur Azevedo Bandeira y que luce apero chapeado y carona con bordes de piel de tigre. Ese caballo liberal es un símbolo de la autoridad del patrón y por eso lo codicia el muchacho, que llega también a desear, con deseo rencoroso, a la mujer de pelo resplandeciente. La mujer, el apero y el colorado son atributos o adjetivos de un hombre que él aspira a destruir.

Aquí la historia se complica y se ahonda. Azevedo Bandeira es diestro en el arte de la intimidación progresiva, en la satánica maniobra de humillar al interlocutor gradualmente, combinando veras y burlas; Otálora resuelve aplicar ese método ambiguo a la dura tarea que se propone. Resuelve suplantar, lentamente, a Azevedo Bandeira. Logra, en jornadas de peligro común, la amistad de Suárez. Le confía su plan; Suárez le promete su ayuda. Muchas cosas van aconteciendo después, de las que sé unas pocas. Otálora no obedece a Bandeira; da en olvidar, en corregir, en invertir sus órdenes. El universo parece conspirar con él y apresura los hechos. Un mediodía, ocurre en campos de Tacuarembó un tiroteo con gente riograndense; Otálora usurpa el lugar de Bandeira y manda a los orientales. Le atraviesa el hombro una bala, pero esa tarde Otálora regresa al *Suspiro* en el colorado del jefe y esa tarde unas gotas de su sangre manchan la piel de tigre y esa noche duerme con la mujer de pelo reluciente. Otras versiones cambian el orden de estos hechos y niegan que hayan ocurrido en un solo día.

Bandeira, sin embargo, siempre es nominalmente el jefe. Da órdenes que no se ejecutan; Benjamín Otálora no lo toca, por una mezcla de rutina y de lástima.

La última escena de la historia corresponde a la agitación de la última noche de 1894. Esa noche, los hombres del *Suspiro* comen cordero recién carneado y beben un alcohol pendenciero. Alguien infinitamente rasguea una trabajosa milonga. En la cabecera de la mesa, Otálora, borracho, erige exultación sobre exultación, júbilo sobre júbilo; esa torre de vértigo es un símbolo de su irresistible destino. Bandeira, taciturno entre los que gritan, deja que fluya clamorosa la noche. Cuando las doce campanadas resuenan, se levanta como quien recuerda una obligación. Se levanta y golpea con suavidad la puerta de la mujer. Ésta le abre enseguida, como si esperara el llamado. Sale a medio vestir y descalza. Con una voz que se afemina y se arrastra, el jefe le ordena:

—Ya que vos y el porteño se quieren tanto, ahora mismo le vas a dar un beso a vista de todos.

Agrega una circunstancia brutal. La mujer quiere resistir, pero dos hombres la han tomado del brazo y la echan sobre Otálora. Arrasada en lágrimas, le besa la cara y el pecho. Ulpiano Suárez ha empuñado el revólver. Otálora comprende, antes de morir, que desde el principio lo han traicionado, que ha sido condenado a muerte, que le han permitido el amor, el mando y el triunfo, porque ya lo daban por muerto, porque para Bandeira ya estaba muerto.

Suárez, casi con desdén, hace fuego.

Los teólogos

Arrasado el jardín, profanados los cálices y las aras, entraron a caballo los hunos en la biblioteca monástica y rompieron los libros incomprensibles y los vituperaron y los quemaron, acaso temerosos de que las letras encubrieran blasfemias contra su dios, que era una cimitarra de hierro. Ardieron palimpsestos y códices, pero en el corazón de la hoguera, entre la ceniza, perduró casi intacto el libro duodécimo de la *Civitas Dei*, que narra que Platón enseñó en Atenas que, al cabo de los siglos, todas las cosas recuperarán su estado anterior, y él, en Atenas, ante el mismo auditorio, de nuevo enseñará esa doctrina. El texto que las llamas perdonaron gozó de una veneración especial y quienes lo leyeron y releyeron en esa remota provincia dieron en olvidar que el autor sólo declaró esa doctrina para poder mejor confutarla. Un siglo después, Aureliano, coadjutor de Aquilea, supo que a orillas del Danubio la novísima secta de los *monótonos* (llamados también *anulares*) profesaba que la historia es un círculo y que nada es que no haya sido y que no será. En las montañas, la Rueda y la Serpiente habían desplazado a la Cruz. Todos temían, pero todos se confortaban con el rumor de que Juan de Panonia, que se había distinguido por un tratado sobre el séptimo atributo de Dios, iba a impugnar tan abominable herejía.

Aureliano deploró esas nuevas, sobre todo la última. Sabía que en materia teológica no hay novedad sin riesgo; luego reflexionó que la tesis de un tiempo circular era demasiado disímil, demasiado asombrosa, para que el riesgo fuera grave. (Las herejías que debemos temer son las que pueden confundirse con la ortodoxia.) Más le dolió la intervención —la intrusión— de Juan de Panonia. Hace dos años, éste había usurpado con su verboso *De septima affectione Dei sive de aeternitate* un asunto de la especialidad de Aureliano; ahora, como si el problema del tiempo le perteneciera, iba a rectificar, tal vez con argumentos de Procusto, con triacas más temibles que la Serpiente, a los anulares... Esa noche, Aureliano pasó las hojas del antiguo diálogo de Plutarco sobre la cesación de los oráculos; en el párrafo 29, leyó una burla contra los estoicos que defienden un infinito ciclo de mundos, con infinitos soles, lunas, Apolos, Dianas y Poseidones. El hallazgo le pareció un pronóstico favorable; resolvió adelantarse a Juan de Panonia y refutar a los heréticos de la Rueda.

Hay quien busca el amor de una mujer para olvidarse de ella, para no pensar más en ella; Aureliano, parejamente, quería superar a Juan de Panonia para curarse del rencor que éste le infundía, no para hacerle mal. Atemperado por el mero trabajo, por la fabricación de silogismos y la invención de injurias, por los *nego* y los *autem* y los *nequaquam*, pudo olvidar ese rencor. Erigió vastos y casi inextricables períodos, estorbados de incisos, donde la negligencia y el solecismo parecían formas del desdén. De la cacofonía hizo un instrumento. Previó que Juan fulminaría a los anulares con gravedad profética; optó, para no coincidir con él, por el escarnio. Agustín había escrito que Jesús es la vía recta que nos salva del laberinto circular en que andan los impíos; Aureliano, laboriosamente trivial, los equiparó con Ixión, con el hígado de Prometeo, con Sísifo, con aquel rey de Tebas que vio dos soles, con la tartamudez, con loros, con espejos, con ecos, con mulas de noria y con silogismos bicornutos. (Las fábulas gentílicas perduraban, rebajadas a adornos.) Como todo poseedor de una biblioteca, Aureliano se sabía culpable de no conocerla hasta el fin; esa controversia le permitió cumplir con muchos libros que parecían reprocharle su incuria. Así pudo engastar un pasaje de la obra *De principiis* de Orígenes, donde se niega que Judas Iscariote volverá a vender al Señor, y Pablo a presenciar en Jerusalén el martirio de Esteban, y otro de los *Academica priora* de Cicerón, en el que éste se burla de quienes sueñan que mientras él conversa con Lúculo, otros Lúculos y otros Cicerones, en número infinito, dicen puntualmente lo mismo, en infinitos mundos iguales. Además, esgrimió contra los monótonos el texto de Plutarco y denunció lo escandaloso de que a un idólatra le valiera más el *lumen naturae* que a ellos la palabra de Dios. Nueve días le tomó ese trabajo; el décimo, le fue remitido un traslado de la refutación de Juan de Panonia.

Era casi irrisoriamente breve; Aureliano la miró con desdén y luego con temor. La primera parte glosaba los versículos terminales del noveno capítulo de la Epístola a los Hebreos, donde se dice que Jesús no fue sacrificado muchas veces desde el principio del mundo, sino ahora una vez en la consumación de los siglos. La segunda alegaba el precepto bíblico sobre las vanas repeticiones de los gentiles (Mateo 6:7) y aquel pasaje del séptimo libro de Plinio, que pondera que en el dilatado universo no haya dos caras iguales. Juan de Panonia declaraba que tampoco hay dos almas y que el pecador más vil es precioso como la sangre que por él vertió Jesucristo. El acto de un solo hombre (afirmó) pesa más que los nueve cielos concéntricos y trasoñar que puede perderse y volver es una aparatosa frivolidad. El tiempo no rehace lo que perdemos; la eternidad lo guarda para la gloria y también para el fuego. El tratado era límpido, universal; no parecía redactado por una persona concreta, sino por cualquier hombre o, quizá, por todos los hombres.

Aureliano sintió una humillación casi física. Pensó destruir o reformar su propio trabajo; luego, con rencorosa probidad, lo mandó a Roma sin modificar una letra. Meses después, cuando se juntó el concilio de Pérgamo, el teólogo encargado de impugnar los errores de los monótonos fue (previsiblemente) Juan de Panonia; su docta y mesurada refutación bastó para que Euforbo, heresiarca, fuera condenado a la hoguera. "Esto ha ocurrido y volverá a ocurrir", dijo Euforbo. "No encendéis una pira, encendéis un laberinto de fuego. Si aquí se unieran todas las hogueras que he sido, no cabrían en la tierra y quedarían ciegos los ángeles. Esto lo dije muchas veces." Después gritó, porque lo alcanzaron las llamas.

Cayó la Rueda ante la Cruz,[1] pero Aureliano y Juan prosiguieron su batalla secreta. Militaban los dos en el mismo ejército, anhelaban el mismo galardón, guerreaban contra el mismo Enemigo, pero Aureliano no escribió una palabra que inconfesablemente no propendiera

1. En las cruces rúnicas los dos emblemas enemigos conviven entrelazados.

a superar a Juan. Su duelo fue invisible; si los copiosos índices no me engañan, no figura una sola vez el nombre del *otro* en los muchos volúmenes de Aureliano que atesora la *Patrología* de Migne. (De las obras de Juan, sólo han perdurado veinte palabras.) Los dos desaprobaron los anatemas del segundo concilio de Constantinopla; los dos persiguieron a los arrianos, que negaban la generación eterna del Hijo; los dos atestiguaron la ortodoxia de la *Topographia christiana* de Cosmas, que enseña que la tierra es cuadrangular, como el tabernáculo hebreo. Desgraciadamente, por los cuatro ángulos de la tierra cundió otra tempestuosa herejía. Oriunda del Egipto o del Asia (porque los testimonios difieren y Bousset no quiere admitir las razones de Harnack), infestó las provincias orientales y erigió santuarios en Macedonia, en Cartago y en Tréveris. Pareció estar en todas partes; se dijo que en la diócesis de Britania habían sido invertidos los crucifijos y que a la imagen del Señor, en Cesárea, la había suplantado un espejo. El espejo y el óbolo eran emblemas de los nuevos cismáticos.

La historia los conoce por muchos nombres (*especulares*, *abismales*, *cainitas*), pero de todos el más recibido es *histriones*, que Aureliano les dio y que ellos con atrevimiento adoptaron. En Frigia les dijeron *simulacros*, y también en Dardania. Juan Damasceno los llamó *formas*; justo es advertir que el pasaje ha sido rechazado por Erfjord. No hay heresiólogo que con estupor no refiera sus desaforadas costumbres. Muchos histriones profesaron el ascetismo; alguno se mutiló, como Orígenes; otros moraron bajo tierra, en las cloacas; otros se arrancaron los ojos; otros (los *nabucodonosores* de

Nitria) "pacían como los bueyes y su pelo crecía como de águila". De la mortificación y el rigor pasaban, muchas veces, al crimen; ciertas comunidades toleraban el robo; otras, el homicidio; otras, la sodomía, el incesto y la bestialidad. Todas eran blasfemas; no sólo maldecían del Dios cristiano, sino de las arcanas divinidades de su propio panteón. Maquinaron libros sagrados, cuya desaparición deploran los doctos. Sir Thomas Browne, hacia 1658, escribió "El tiempo ha aniquilado los ambiciosos *Evangelios Histriónicos*, no las Injurias con que se fustigó su Impiedad". Erfjord ha sugerido que esas "injurias" (que preserva un códice griego) son los evangelios perdidos. Ello es incomprensible, si ignoramos la cosmología de los histriones.

En los Libros Herméticos está escrito que lo que hay abajo es igual a lo que hay arriba, y lo que hay arriba, igual a lo que hay abajo; en el *Zohar*, que el mundo inferior es reflejo del superior. Los histriones fundaron su doctrina sobre una perversión de esa idea. Invocaron a Mateo 6:12 ("perdónanos nuestras deudas, como nosotros perdonamos a nuestros deudores") y 11:12 ("el reino de los cielos padece fuerza") para demostrar que la tierra influye en el cielo, y a I Corintios 13:12 ("vemos ahora por espejo, en oscuridad") para demostrar que todo lo que vemos es falso. Quizá contaminados por los monótonos, imaginaron que todo hombre es dos hombres y que el verdadero es el otro, el que está en el cielo. También imaginaron que nuestros actos proyectan un reflejo invertido, de suerte que si velamos, el otro duerme, si fornicamos, el otro es casto, si robamos, el otro es generoso. Muertos, nos uniremos a él y seremos él. (Algún eco de esas doctrinas perduró en Bloy.) Otros histriones discurrieron que el mundo concluiría cuando se agotara la cifra de sus posibilidades; ya que no puede haber repeticiones, el justo debe eliminar (cometer) los actos más infames, para que estos no manchen el porvenir y para acelerar el advenimiento del reino de Jesús. Este artículo fue negado por otras sectas, que defendieron que la historia del mundo debe cumplirse en cada hombre. Los más, como Pitágoras deberán trasmigrar por muchos cuerpos antes de obtener su liberación; algunos, los proteicos, "en el término de una sola vida son leones, son dragones, son jabalíes, son agua y son un árbol". Demóstenes refiere la purificación por el fango a que eran sometidos los iniciados, en los misterios órficos; los proteicos, analógicamente, buscaron la purificación por el mal. Entendieron, como Carpócrates, que nadie saldrá de la cárcel hasta pagar el último óbolo (Lucas 12:59), y solían embaucar a los penitentes con este otro versículo: "Yo he venido para que tengan vida los hombres y para que la tengan en abundancia" (Juan 10:10). También decían que no ser un malvado es una soberbia satánica... Muchas y divergentes mitologías urdieron los histriones; unos predicaron el ascetismo, otros la licencia, todos la confusión. Teopompo, histrión de Berenice, negó todas las fábulas; dijo que cada hombre es un órgano que proyecta la divinidad para sentir el mundo.

Los herejes de la diócesis de Aureliano eran de los que afirmaban que el tiempo no tolera repeticiones, no de los que afirmaban que todo acto se refleja en el cielo. Esa circunstancia era rara; en un informe a las autoridades romanas, Aureliano la mencionó. El prelado que recibiría el informe era confesor de la emperatriz; nadie ignoraba que ese ministerio exigente le vedaba las íntimas delicias de la teología especulativa. Su secretario —antiguo colaborador de Juan de Panonia, ahora enemistado con él— gozaba del renombre de puntualísimo inquisidor de heterodoxias; Aureliano agregó una exposición de la herejía histriónica, tal como ésta se daba en los conventículos de Genua y de Aquilea. Redactó unos párrafos; cuando quiso escribir la tesis atroz de que no hay dos instantes iguales, su pluma se detuvo. No dio con la fórmula necesaria; las admoniciones de la nueva doctrina ("¿Quieres ver lo que no vieron ojos humanos? Mira la luna. ¿Quieres oír lo que los oídos no oyeron? Oye el grito del pájaro. ¿Quieres tocar lo que no tocaron las manos? Toca la tierra. Verdaderamente digo que Dios está por crear el mundo") eran harto afectadas y metafóricas para la transcripción. De pronto, una oración de veinte palabras se presentó a su espíritu. La escribió, gozoso; inmediatamente después, lo inquietó la sospecha de que era ajena. Al día siguiente, recordó que la había leído hacía muchos años en el *Adversus annulares* que compuso Juan de Panonia. Verificó la cita; ahí estaba. La incertidumbre lo atormentó. Variar o suprimir esas palabras, era debilitar la expresión; dejarlas, era plagiar a un hombre que aborrecía; indicar la fuente, era denunciarlo. Imploró el socorro divino. Hacia el principio del segundo crepúsculo, el ángel de su guarda le dictó una solución intermedia. Aureliano conservó las palabras, pero les antepuso este aviso: "Lo que ladran ahora los heresiarcas para confusión de la fe, lo dijo en este siglo un varón doctísimo, con más ligereza que culpa". Después, ocurrió lo temido, lo esperado, lo inevitable. Aureliano tuvo que declarar quién era ese varón; Juan de Panonia fue acusado de profesar opiniones heréticas.

Cuatro meses después, un herrero del Aventino, alucinado por los engaños de los histriones, cargó sobre los hombros de su hijito una gran esfera de hierro, para que su doble volara. El niño murió; el horror engendrado por ese crimen impuso una intachable severidad a los jueces de Juan. Éste no quiso retractarse; repitió que negar su proposición era incurrir en la pestilencial herejía de los monótonos. No entendió (no quiso entender) que hablar de los monótonos era hablar de lo ya olvidado. Con insistencia algo senil, prodigó los períodos más brillantes de sus viejas polémicas; los jueces ni siquiera oían lo que los arrebató alguna vez. En lugar de tratar de purificarse de la más leve mácula de histrionismo, se esforzó en demostrar que la proposición de que lo acusaban era rigurosamente ortodoxa. Discutió con los hombres de cuyo fallo dependía su suerte y cometió la máxima torpeza de hacerlo con ingenio y con ironía. El 26 de octubre, al cabo de una discusión que duró tres días y tres noches, lo sentenciaron a morir en la hoguera.

Aureliano presenció la ejecución, porque no hacerlo era confesarse culpable. El lugar del suplicio era una colina, en cuya verde cumbre había un palo, hincado profundamente en el suelo, y en torno muchos haces de leña. Un ministro leyó la sentencia del tribunal. Bajo el sol de las doce, Juan de Panonia yacía con la cara en el polvo, lanzando bestiales aullidos. Arañaba la tierra, pero los verdugos lo arrancaron, lo desnudaron y por fin lo amarraron a la picota. En la cabeza le pusieron una corona de paja untada de azufre; al lado, un ejemplar del pestilente *Adversus annulares*. Había llovido la noche antes y la leña ardía mal. Juan de Panonia rezó en griego y luego en un idioma desconocido. La hoguera iba a llevárselo, cuando Aureliano se atrevió a alzar los ojos. Las ráfagas ardientes se detuvieron; Aureliano vio por primera y última vez el rostro del odiado. Le recordó el de alguien, pero no pudo precisar el de quién. Después, las llamas lo perdieron; después gritó y fue como si un incendio gritara.

Plutarco ha referido que Julio César lloró la muerte de Pompeyo; Aureliano no lloró la de Juan, pero sintió lo que sentiría un hombre curado de una enfermedad incurable, que ya fuera una parte de su vida. En Aquilea, en Éfeso, en Macedonia, dejó que sobre él pasaran los años. Buscó los arduos límites del Imperio, las torpes ciénagas y los contemplativos desiertos, para que lo ayudara la soledad a entender su destino. En una celda mauritana, en la noche cargada de leones, repensó la compleja acusación contra Juan de Panonia y justificó, por enésima vez, el dictamen. Más le costó justificar su tortuosa denuncia. En Rusaddir predicó el anacrónico sermón "Luz de las luces encendida en la carne de un réprobo". En Hibernia, en una de las chozas de un monasterio cercado por la selva, lo sorprendió una noche, hacia el alba, el rumor de la lluvia. Recordó una noche romana en que lo había sorprendido, también, ese minucioso rumor. Un rayo, al mediodía, incendió los árboles y Aureliano pudo morir como había muerto Juan.

El final de la historia sólo es referible en metáforas, ya que pasa en el reino de los cielos, donde no hay tiempo. Tal vez cabría decir que Aureliano conversó con Dios y que Éste se interesa tan poco en diferencias religiosas que lo tomó por Juan de Panonia. Ello, sin embargo, insinuaría una confusión de la mente divina. Más correcto es decir que en el paraíso, Aureliano supo que para la insondable divinidad, él y Juan de Panonia (el ortodoxo y el hereje, el aborrecedor y el aborrecido, el acusador y la víctima) formaban una sola persona.

Historia del guerrero y de la cautiva

En la página 278 del libro *La poesía* (Bari, 1942), Croce, abreviando un texto latino del historiador Pablo el Diácono, narra la suerte y cita el epitafio de Droctulft; éstos me conmovieron singularmente, luego entendí por qué. Fue Droctulft un guerrero lombardo que en el asedio de Ravena abandonó a los suyos y murió defendiendo la ciudad que antes había atacado. Los raveneses le dieron sepultura en un templo y compusieron un epitafio en el que manifestaron su gratitud (*contempsit caros, dum nos amat ille, parentes*) y el peculiar contraste que se advertía entre la figura atroz de aquel bárbaro y su simplicidad y bondad:

> *Terribilis visu facies, sed mente benignus,*
> *Longaque robusto pectores, barba fuit!*[1]

Tal es la historia del destino de Droctulft, bárbaro que murió defendiendo a Roma, o tal es el fragmento de su historia que pudo rescatar Pablo el Diácono. Ni siquiera sé en qué tiempo ocurrió: si al promediar el siglo VI, cuando los longobardos desolaron las llanuras de Italia; si en el VIII, antes de la rendición de Ravena. Imaginemos (éste no es un trabajo histórico) lo primero.

---

1. También Gibbon (*Decline and Fall*, XLV) transcribe estos versos.

Imaginemos, *sub specie aeternitatis*, a Droctulft, no al individuo Droctulft, que sin duda fue único e insondable (todos los individuos lo son), sino al tipo genérico que de él y de otros muchos como él ha hecho la tradición, que es obra del olvido y de la memoria. A través de una oscura geografía de selvas y de ciénagas, las guerras lo trajeron a Italia, desde las márgenes del Danubio y del Elba, y tal vez no sabía que iba al sur y tal vez no sabía que guerreaba contra el nombre romano. Quizá profesaba el arrianismo, que mantiene que la gloria del Hijo es reflejo de la gloria del Padre, pero más congruente es imaginarlo devoto de la Tierra, de Hertha, cuyo ídolo tapado iba de cabaña en cabaña en un carro tirado por vacas, o de los dioses de la guerra y del trueno, que eran torpes figuras de madera, envueltas en ropa tejida y recargadas de monedas y ajorcas. Venía de las selvas inextricables del jabalí y del uro; era blanco, animoso, inocente, cruel, leal a su capitán y a su tribu, no al universo. Las guerras lo traen a Ravena y ahí ve algo que no ha visto jamás, o que no ha visto con plenitud. Ve el día y los cipreses y el mármol. Ve un conjunto que es múltiple sin desorden; ve una ciudad, un organismo hecho de estatuas, de templos, de jardines, de habitaciones, de gradas, de jarrones, de capiteles, de espacios regulares y abiertos. Ninguna de esas fábricas (lo sé) lo impresiona por bella; lo tocan como ahora nos tocaría una maquinaria compleja, cuyo fin ignoráramos, pero en cuyo diseño se adivinara una inteligencia inmortal. Quizá le basta ver un solo arco, con una incomprensible inscripción en eternas letras romanas. Bruscamente lo ciega y lo renueva esa revelación, la Ciudad. Sabe que en ella será un perro, o un niño, y que no empezará siquiera a entenderla, pero sabe también que ella vale más que sus dioses y que la fe jurada y que todas las ciénagas de Alemania. Droctulft abandona a los suyos y pelea por Ravena. Muere, y en la sepultura graban palabras que él no hubiera entendido:

Contempsit caros, dum nos amat ille, parentes,
Hanc patriam reputans esse, Ravenna, suam.

No fue un traidor (los traidores no suelen inspirar epitafios piadosos); fue un iluminado, un converso. Al cabo de unas cuantas generaciones, los longobardos que culparon al tránsfuga procedieron como él; se hicieron italianos, lombardos y acaso alguno de su sangre —Aldíger— pudo engendrar a quienes engendraron al Alighieri... Muchas conjeturas cabe aplicar al acto de Droctulft; la mía es la más económica; si no es verdadera como hecho, lo será como símbolo.

Cuando leí en el libro de Croce la historia del guerrero, ésta me conmovió de manera insólita y tuve la impresión de recuperar, bajo forma diversa, algo que había sido mío. Fugazmente pensé en los jinetes mogoles que querían hacer de la China un infinito campo de pastoreo y luego envejecieron en las ciudades que habían anhelado destruir; no era ésta la memoria que yo buscaba. La encontré al fin; era un relato que le oí alguna vez a mi abuela inglesa, que ha muerto.

En 1872 mi abuelo Borges era jefe de las fronteras Norte y Oeste de Buenos Aires y Sur de Santa Fe. La comandancia estaba en Junín; más allá, a cuatro o cinco leguas uno de otro, la cadena de los fortines; más allá, lo que se denominaba entonces la Pampa y también Tierra

Adentro. Alguna vez, entre maravillada y burlona, mi abuela comentó su destino de inglesa desterrada a ese fin del mundo; le dijeron que no era la única y le señalaron, meses después, una muchacha india que atravesaba lentamente la plaza. Vestía dos mantas coloradas e iba descalza; sus crenchas eran rubias. Un soldado le dijo que otra inglesa quería hablar con ella. La mujer asintió; entró en la comandancia sin temor, pero no sin recelo. En la cobriza cara, pintarrajeada de colores feroces, los ojos eran de ese azul desganado que los ingleses llaman gris. El cuerpo era ligero, como de cierva; las manos, fuertes y huesudas. Venía del desierto, de Tierra Adentro y todo parecía quedarle chico: las puertas, las paredes, los muebles.

Quizá las dos mujeres por un instante se sintieron hermanas, estaban lejos de su isla querida y en un increíble país. Mi abuela enunció alguna pregunta; la otra le respondió con dificultad, buscando las palabras y repitiéndolas, como asombrada de un antiguo sabor. Haría quince años que no hablaba el idioma natal y no le era fácil recuperarlo. Dijo que era de Yorkshire, que sus padres emigraron a Buenos Aires, que los había perdido en un malón, que la habían llevado los indios y que ahora era mujer de un capitanejo, a quien ya había dado dos hijos y que era muy valiente. Eso lo fue diciendo en un inglés rústico, entreverado de araucano o de pampa, y detrás del relato se vislumbraba una vida feral: los toldos de cuero de caballo, las hogueras de estiércol, los festines de carne chamuscada o de vísceras crudas, las sigilosas marchas al alba; el asalto de los corrales, el alarido y el saqueo, la guerra, el caudaloso arreo de las haciendas por jinetes desnudos, la poligamia, la hediondez y la magia. A esa barbarie se había rebajado una inglesa. Movida por la lástima y el escándalo, mi abuela la exhortó a no volver. Juró ampararla, juró rescatar a sus hijos. La otra le contestó que era feliz y volvió, esa noche, al desierto. Francisco Borges moriría poco después, en la revolución del 74; quizá mi abuela, entonces, pudo percibir en la otra mujer, también arrebatada y transformada por este continente implacable, un espejo monstruoso de su destino...

Todos los años, la india rubia solía llegar a las pulperías de Junín, o del Fuerte Lavalle, en procura de baratijas y "vicios"; no apareció, desde la conversación con mi abuela. Sin embargo, se vieron otra vez. Mi abuela había salido a cazar; en un rancho, cerca de los bañados, un hombre degollaba una oveja. Como en un sueño, pasó la india a caballo. Se tiró al suelo y bebió la sangre caliente. No sé si lo hizo porque ya no podía obrar de otro modo, o como un desafío y un signo.

Mil trescientos años y el mar median entre el destino de la cautiva y el destino de Droctulft. Los dos, ahora, son igualmente irrecuperables. La figura del bárbaro que abraza la causa de Ravena, la figura de la mujer europea que opta por el desierto, pueden parecer antagónicas. Sin embargo, a los dos los arrebató un ímpetu secreto, un ímpetu más hondo que la razón, y los dos acataron ese ímpetu que no hubieran sabido justificar. Acaso las historias que he referido son una sola historia. El anverso y el reverso de esta moneda son, para Dios, iguales.

A Ulrike von Kühlmann

Biografía de Tadeo Isidoro Cruz
(1829-1874)

I'm looking for the face I had
Before the world was made.

YEATS: *The Winding Stair*

El 6 de febrero de 1829, los montoneros que, hostigados ya por Lavalle, marchaban desde el sur para incorporarse a las divisiones de López, hicieron alto en una estancia cuyo nombre ignoraban, a tres o cuatro leguas del Pergamino; hacia el alba, uno de los hombres tuvo una pesadilla tenaz: en la penumbra del galpón, el confuso grito despertó a la mujer que dormía con él. Nadie sabe lo que soñó, pues al otro día, a las cuatro, los montoneros fueron desbaratados por la caballería de Suárez y la persecución duró nueve leguas, hasta los pajonales ya lóbregos, y el hombre pereció en una zanja, partido el cráneo por un sable de las guerras del Perú y del Brasil. La mujer se llamaba Isidora Cruz; el hijo que tuvo recibió el nombre de Tadeo Isidoro.

Mi propósito no es repetir su historia. De los días y noches que la componen, sólo me interesa una noche; del resto no referiré sino lo indispensable para que esa noche se entienda. La aventura consta en un libro insigne; es decir, en un libro cuya materia puede ser todo para todos (I Corintios 9:22), pues es capaz de casi inagotables repeticiones, versiones, perversiones. Quienes han comentado, y son muchos, la historia de Tadeo Isidoro, destacan el influjo de la llanura sobre su formación, pero gauchos idénticos a él nacieron y murieron en las selváticas riberas del Paraná y en las cuchillas orientales. Vivió, eso sí, en un mundo de barbarie monótona. Cuando, en 1874, murió de una viruela negra, no había visto jamás una montaña ni un pico de gas ni un molino. Tampoco una ciudad. En 1849, fue a Buenos Aires con una tropa del establecimiento de Francisco Xavier Acevedo; los troperos entraron en la ciudad para vaciar el cinto; Cruz, receloso, no salió de una fonda en el vecindario de los corrales. Pasó ahí muchos días, taciturno, durmiendo en la tierra, mateando, levantándose al alba y recogiéndose a la oración. Comprendió (más allá de las palabras y aun del entendimiento) que nada tenía que ver con él la ciudad. Uno de los peones, borracho, se burló de él. Cruz no le replicó, pero en las noches del regreso, junto al fogón, el otro menudeaba las burlas, y entonces Cruz (que antes no había demostrado rencor, ni siquiera disgusto) lo tendió de una puñalada. Prófugo, hubo de guarecerse en un fachinal; noches después, el grito de un chajá le advirtió que lo había cercado la policía. Probó el cuchillo en una mata; para que no le estorbaran en la de a pie, se quitó las espuelas. Prefirió pelear a entregarse. Fue herido en el antebrazo, en el hombro, en la mano izquierda; malhirió a los más bravos de la partida; cuando la sangre le corrió entre los dedos, peleó con más coraje que nunca; hacia el alba, mareado por la pérdida de sangre, lo desarmaron. El ejército, entonces, desempeñaba una función penal: Cruz fue destinado a un fortín de la frontera Norte. Como soldado raso, participó en las guerras civiles; a veces combatió por su provincia natal, a veces en contra. El 23 de enero de 1856, en las Lagunas de Cardoso, fue uno de los treinta cristianos que, al mando del sargento mayor Eusebio Laprida, pelearon contra doscientos indios. En esa acción recibió una herida de lanza.

En su oscura y valerosa historia abundan los hiatos. Hacia 1868 lo sabemos de nuevo en el Pergamino: casado o amancebado, padre de un hijo, dueño de una fracción de campo. En 1869 fue nombrado sargento de la policía rural. Había corregido el pasado; en aquel tiempo debió de considerarse feliz, aunque profundamente no lo era. (Lo esperaba, secreta en el porvenir, una lúcida noche fundamental: la noche en que por fin vio su propia cara, la noche en que por fin oyó su nombre. Bien entendida, esa noche agota su historia; mejor dicho un instante de esa noche, un acto de esa noche, porque los actos son nuestro símbolo.) Cualquier destino, por largo y complicado que sea, consta en realidad *de un solo momento*: el momento en que el hombre sabe para siempre quién es. Cuéntase que Alejandro de Macedonia vio reflejado su futuro de hierro en la fabulosa historia de Aquiles; Carlos XII de Suecia, en la de Alejandro. A Tadeo Isidoro Cruz, que no sabía leer, ese conocimiento no le fue revelado en un libro; se vio a sí mismo en un entrevero y un hombre. Los hechos ocurrieron así:

En los últimos días del mes de junio de 1870, recibió la orden de apresar a un malevo, que debía dos muertes a la justicia. Era éste un desertor de las fuerzas que en la frontera Sur mandaba el coronel Benito Machado; en una borrachera, había asesinado a un moreno en un lupanar; en otra, a un vecino del partido de Rojas; el informe agregaba que procedía de la Laguna Colorada. En este lugar, hacía cuarenta años, habíanse congregado los montoneros para la desventura que dio sus carnes a los pájaros y a los perros; de ahí salió Manuel Mesa, que fue ejecutado en la Plaza de la Victoria, mientras los tambores sonaban para que no se oyera su ira; de ahí, el desconocido que engendró a Cruz y que pereció en una zanja, partido el cráneo por un sable de las batallas del Perú y del Brasil. Cruz había olvidado el nombre del lugar; con leve pero inexplicable inquietud lo reconoció... El criminal, acosado por los soldados, urdió a caballo un largo laberinto de idas y venidas; éstos, sin embargo, lo acorralaron la noche del 12 de julio. Se había guarecido en un pajonal. La tiniebla era casi indescifrable; Cruz y los suyos, cautelosos y a pie, avanzaron hacia las matas en cuya hondura trémula acechaba o dormía el hombre secreto. Gritó un chajá; Tadeo Isidoro Cruz tuvo la impresión de haber vivido ya ese momento. El criminal salió de la guarida para pelearlos. Cruz lo entrevió, terrible; la crecida melena y la barba gris parecían comerle la cara. Un motivo notorio me veda referir la pelea. Básteme recordar que el desertor malhirió o mató a varios de los hombres de Cruz. Éste, mientras combatía en la oscuridad (mientras su cuerpo combatía en la oscuridad), empezó a comprender. Comprendió que un destino no es mejor que otro, pero que todo hombre debe acatar el que lleva adentro. Comprendió que las jinetas y el uniforme ya lo estorbaban. Comprendió su íntimo destino de lobo, no de perro gregario; comprendió que el otro era él. Amanecía en la desaforada llanura; Cruz arrojó por tierra el quepís, gritó que no iba a consentir el delito de que se matara a un valiente y se puso a pelear contra los soldados, junto al desertor Martín Fierro.

Emma Zunz

El 14 de enero de 1922, Emma Zunz, al volver de la fábrica de tejidos Tarbuch y Loewenthal, halló en el fondo del zaguán una carta, fechada en el Brasil, por la que supo que su padre había muerto. La engañaron, a primera vista, el sello y el sobre; luego, la inquietó la letra desconocida. Nueve o diez líneas borroneadas querían colmar la hoja; Emma leyó que el señor Maier había ingerido por error una fuerte dosis de veronal y había fallecido el 3 del corriente en el hospital de Bagé. Un compañero de pensión de su padre firmaba la noticia, un tal Fein o Fain, de Rio Grande, que no podía saber que se dirigía a la hija del muerto.

Emma dejó caer el papel. Su primera impresión fue de malestar en el vientre y en las rodillas; luego de ciega culpa, de irrealidad, de frío, de temor; luego, quiso ya estar en el día siguiente. Acto continuo comprendió que esa voluntad era inútil porque la muerte de su padre era lo único que había sucedido en el mundo, y seguiría sucediendo sin fin. Recogió el papel y se fue a su cuarto. Furtivamente lo guardó en un cajón, como si de algún modo ya conociera los hechos ulteriores. Ya había empezado a vislumbrarlos, tal vez; ya era la que sería.

En la creciente oscuridad, Emma lloró hasta el fin de aquel día el suicidio de Manuel Maier, que en los antiguos días felices fue Emanuel Zunz. Recordó veraneos en una chacra, cerca de Gualeguay, recordó (trató de recordar) a su madre, recordó la casita de Lanús que les remataron, recordó los amarillos losanges de una ventana, recordó el auto de prisión, el oprobio, recordó los anónimos con el suelto sobre "el desfalco del cajero", recordó (pero eso jamás lo olvidaba) que su padre, la última noche, le había jurado que el ladrón era Loewenthal. Loewenthal, Aarón Loewenthal, antes gerente de la fábrica y ahora uno de los dueños. Emma, desde 1916, guardaba el secreto. A nadie se lo había revelado, ni siquiera a su mejor amiga, Elsa Urstein. Quizá rehuía la profana incredulidad; quizá creía que el secreto era un vínculo entre ella y el ausente. Loewenthal no sabía que ella sabía; Emma Zunz derivaba de ese hecho ínfimo un sentimiento de poder.

No durmió aquella noche, y cuando la primera luz definió el rectángulo de la ventana, ya estaba perfecto su plan. Procuró que ese día, que le pareció interminable, fuera como los otros. Había en la fábrica rumores de huelga; Emma se declaró, como siempre, contra toda violencia. A las seis, concluido el trabajo, fue con Elsa a un club de mujeres, que tiene gimnasio y pileta. Se inscribieron; tuvo que repetir y deletrear su nombre y su apellido; tuvo que festejar las bromas vulgares que comentan la revisación. Con Elsa y con la menor de las Kronfuss discutió a qué cinematógrafo irían el domingo a la tarde. Luego, se habló de novios y nadie esperó que Emma hablara. En abril cumpliría diecinueve años, pero los hombres le inspiraban, aún, un temor casi patológico... De vuelta, preparó una sopa de tapioca y unas legumbres, comió temprano, se acostó y se obligó a dormir. Así, laborioso y trivial, pasó el viernes 15, la víspera.

El sábado, la impaciencia la despertó. La impaciencia, no la inquietud, y el singular alivio de estar en aquel día, por fin. Ya no tenía que tramar y que imaginar; dentro de algunas horas alcanzaría la simplicidad de los hechos. Leyó en *La Prensa* que el *Nordstjärnan*, de Malmö, zarparía esa noche del dique 3; llamó por teléfono a Loewenthal, insinuó que deseaba comunicar, sin que lo supieran las otras, algo sobre la huelga y prometió pasar por el escritorio, al oscurecer. Le temblaba la voz; el temblor convenía a una delatora. Ningún otro hecho memorable ocurrió esa mañana. Emma trabajó hasta las doce y fijó con Elsa y con Perla Kronfuss los pormenores del paseo del domingo. Se acostó después de almorzar y recapituló, cerrados los ojos, el plan que había tramado. Pensó que la etapa final sería menos horrible que la primera y que le depararía, sin duda, el sabor de la victoria y de la justicia. De pronto, alarmada, se levantó y corrió al cajón de la cómoda. Lo abrió; debajo del retrato de Milton Sills, donde la había dejado anteanoche, estaba la carta de Fain. Nadie podía haberla visto; la empezó a leer y la rompió.

Referir con alguna realidad los hechos de esa tarde sería difícil y quizá improcedente. Un atributo de lo infernal es la irrealidad, un atributo que parece mitigar sus terrores y que los agrava tal vez. ¿Cómo hacer verosímil una acción en la que casi no creyó quien la ejecutaba, cómo recuperar ese breve caos que hoy la memoria de Emma Zunz repudia y confunde? Emma vivía por Almagro, en la calle Liniers; nos consta que esa tarde fue al puerto. Acaso en el infame Paseo de Julio se vio multiplicada en espejos, publicada por luces y desnudada por los ojos hambrientos, pero más razonable es conjeturar que al principio erró, inadvertida, por la indiferente recova... Entró en dos o tres bares, vio la rutina o los manejos de otras mujeres. Dio al fin con hombres del *Nordstjärnan*. De uno, muy joven, temió que le inspirara alguna ternura y optó por otro, quizá más bajo que ella y grosero, para que la pureza del horror no fuera mitigada. El hombre la condujo a una puerta y después a un turbio zaguán y después a una escalera tortuosa y después a un vestíbulo (en el que había una vidriera con losanges idénticos a los de la casa en Lanús) y después a un pasillo y después a una puerta que se cerró. Los hechos graves están fuera del tiempo, ya porque en ellos el pasado inmediato queda como tronchado del porvenir, ya porque no parecen consecutivas las partes que los forman.

¿En aquel tiempo fuera del tiempo, en aquel desorden perplejo de sensaciones inconexas y atroces, pensó Emma Zunz *una sola vez* en el muerto que motivaba el sacrificio? Yo tengo para mí que pensó una vez y que en ese momento peligró su desesperado propósito. Pensó (no pudo no pensar) que su padre le había hecho a su madre la cosa horrible que a ella ahora le hacían. Lo pensó con débil asombro y se refugió, en seguida, en el vértigo. El hombre, sueco o finlandés, no hablaba español; fue una herramienta para Emma como ésta lo fue para él, pero ella sirvió para el goce y él para la justicia.

Cuando se quedó sola, Emma no abrió en seguida los ojos. En la mesa de luz estaba el dinero que había dejado el hombre: Emma se incorporó y lo rompió como antes había roto la carta. Romper dinero es una impiedad, como tirar el pan; Emma se arrepintió, apenas lo hizo. Un acto de soberbia y en aquel día... El temor se perdió en la tristeza de su cuerpo, en el asco. El asco y la tristeza la encadenaban, pero Emma lentamente se levantó y procedió a vestirse. En el cuarto no quedaban colores vivos; el último crepúsculo se agravaba. Emma pudo salir sin que la advirtieran; en la esquina subió a un Lacroze, que iba al oeste. Eligió, conforme a su plan, el asiento más delantero, para que no le vieran la cara. Quizá le confortó verificar, en el insípido trajín de las calles, que lo acaecido no había contaminado las cosas. Viajó por barrios decrecientes y opacos, viéndolos y olvidándolos en el acto, y se apeó en una de las bocacalles de Warnes. Paradójicamente su fatiga venía a ser una fuerza, pues la obligaba a concentrarse en los pormenores de la aventura y le ocultaba el fondo y el fin.

Aarón Loewenthal era, para todos, un hombre serio; para sus pocos íntimos, un avaro. Vivía en los altos de la fábrica, solo. Establecido en el desmantelado arrabal, temía a los ladrones; en el patio de la fábrica había un gran perro y en el cajón de su escritorio, nadie lo ignoraba, un revólver. Había llorado con decoro, el año anterior, la inesperada muerte de su mujer —¡una Gauss, que le trajo una buena dote!—, pero el dinero era su verdadera pasión. Con íntimo bochorno se sabía menos apto para ganarlo que para conservarlo. Era muy religioso; creía tener con el Señor un pacto secreto, que lo eximía de obrar bien, a trueque de oraciones y devociones. Calvo, corpulento, enlutado, de quevedos ahumados y barba rubia, esperaba de pie, junto a la ventana, el informe confidencial de la obrera Zunz.

La vio empujar la verja (que él había entornado a propósito) y cruzar el patio sombrío. La vio hacer un pequeño rodeo cuando el perro atado ladró. Los labios de

Emma se atareaban como los de quien reza en voz baja; cansados, repetían la sentencia que el señor Loewenthal oiría antes de morir.

Las cosas no ocurrieron como había previsto Emma Zunz. Desde la madrugada anterior, ella se había soñado muchas veces, dirigiendo el firme revólver, forzando al miserable a confesar la miserable culpa y exponiendo la intrépida estratagema que permitiría a la Justicia de Dios triunfar de la justicia humana. (No por temor, sino por ser un instrumento de la Justicia, ella no quería ser castigada.) Luego, un solo balazo en mitad del pecho rubricaría la suerte de Loewenthal. Pero las cosas no ocurrieron así.

Ante Aarón Loewenthal, más que la urgencia de vengar a su padre, Emma sintió la de castigar el ultraje padecido por ello. No podía no matarlo, después de esa minuciosa deshonra. Tampoco tenía tiempo que perder en teatralerías. Sentada, tímida, pidió excusas a Loewenthal, invocó (a fuer de delatora) las obligaciones de la lealtad, pronunció algunos nombres, dio a entender otros y se cortó como si la venciera el temor. Logró que Loewenthal saliera a buscar una copa de agua. Cuando éste, incrédulo de tales aspavientos, pero indulgente, volvió del comedor, Emma ya había sacado del cajón el pesado revólver. Apretó el gatillo dos veces. El considerable cuerpo se desplomó como si los estampidos y el humo lo hubieran roto, el vaso de agua se rompió, la cara la miró con asombro y cólera, la boca de la cara la injurió en español y en ídisch. Las malas palabras no cejaban; Emma tuvo que hacer fuego otra vez. En el patio, el perro encadenado rompió a ladrar, y una efusión de brusca sangre manó de los labios obscenos y manchó la barba y la ropa. Emma inició la acusación que tenía preparada ("He vengado a mi padre y no me podrán castigar..."), pero no la acabó, porque el señor Loewenthal ya había muerto. No supo nunca si alcanzó a comprender.

Los ladridos tirantes le recordaron que no podía, aún, descansar. Desordenó el diván, desabrochó el saco del cadáver, le quitó los quevedos salpicados y los dejó sobre el fichero. Luego tomó el teléfono y repitió lo que tantas veces repetiría, con esas y con otras palabras: "Ha ocurrido una cosa que es increíble... El señor Loewenthal me hizo venir con el pretexto de la huelga... Abusó de mí, lo maté..."

La historia era increíble, en efecto, pero se impuso a todos, porque sustancialmente era cierta. Verdadero era el tono de Emma Zunz, verdadero el pudor, verdadero el odio. Verdadero también era el ultraje que había padecido; sólo eran falsas las circunstancias, la hora y uno o dos nombres propios.

La casa de Asterión

Y la reina dio a luz un hijo que se llamó Asterión.

APOLODORO: *Biblioteca*, III, I

Sé que me acusan de soberbia, y tal vez de misantropía, y tal vez de locura. Tales acusaciones (que yo castigaré a su debido tiempo) son irrisorias. Es verdad que no salgo de mi casa, pero también es verdad que sus puertas (cuyo número es infinito)[1] están abiertas día y noche a los hombres y también a los animales. Que entre el que quiera. No hallará pompas mujeriles aquí ni el bizarro aparato de los palacios pero sí la quietud y la soledad. Asimismo hallará una casa como no hay otra en la faz de la tierra. (Mienten los que declaran que en Egipto hay una parecida.) Hasta mis detractores admiten que no hay *un solo mueble* en la casa. Otra especie ridícula es que yo, Asterión, soy un prisionero. ¿Repetiré que no hay una puerta cerrada, añadiré que no hay una cerradura? Por lo demás, algún atardecer he pisado la calle; si antes de la noche volví, lo hice por el temor que me infundieron las caras de la plebe, caras descoloridas y aplanadas, como la mano abierta. Ya se había puesto el sol, pero el desvalido llanto de un niño y las toscas plegarias de la grey dijeron que me habían reconocido. La gente oraba, huía, se prosternaba; unos se encaramaban al estilóbato del templo de las Hachas, otros juntaban

1. El original dice *catorce*, pero sobran motivos para inferir que, en boca de Asterión, ese adjetivo numeral vale por infinitos.

piedras. Alguno, creo, se ocultó bajo el mar. No en vano fue una reina mi madre; no puedo confundirme con el vulgo; aunque mi modestia lo quiera.

El hecho es que soy único. No me interesa lo que un hombre pueda trasmitir a otros hombres; como el filósofo, pienso que nada es comunicable por el arte de la escritura. Las enojosas y triviales minucias no tienen cabida en mi espíritu, que está capacitado para lo grande; jamás he retenido la diferencia entre una letra y otra. Cierta impaciencia generosa no ha consentido que yo aprendiera a leer. A veces lo deploro, porque las noches y los días son largos.

Claro que no me faltan distracciones. Semejante al carnero que va a embestir, corro por las galerías de piedra hasta rodar al suelo, mareado. Me agazapo a la sombra de un aljibe o a la vuelta de un corredor y juego a que me buscan. Hay azoteas desde las que me dejo caer, hasta ensangrentarme. A cualquier hora puedo jugar a estar dormido, con los ojos cerrados y la respiración poderosa. (A veces me duermo realmente, a veces ha cambiado el color del día cuando he abierto los ojos.) Pero de tantos juegos el que prefiero es el de otro Asterión. Finjo que viene a visitarme y que yo le muestro la casa. Con grandes reverencias le digo: "Ahora volvemos a la encrucijada anterior" o "Ahora desembocamos en otro patio" o "Bien decía yo que te gustaría la canaleta" o "Ahora verás una cisterna que se llenó de arena" o "Ya verás cómo el sótano se bifurca". A veces me equivoco y nos reímos buenamente los dos.

No sólo he imaginado esos juegos; también he meditado sobre la casa. Todas las partes de la casa están muchas veces, cualquier lugar es otro lugar. No hay un aljibe, un patio, un abrevadero, un pesebre; son catorce [son infinitos] los pesebres, abrevaderos, patios, aljibes. La casa es del tamaño del mundo; mejor dicho, es el mundo. Sin embargo, a fuerza de fatigar patios con un aljibe y polvorientas galerías de piedra gris he alcanzado la calle y he visto el templo de las Hachas y el mar. Eso no lo entendí hasta que una visión de la noche me reveló que también son catorce [son infinitos] los mares y los templos. Todo está muchas veces, catorce veces, pero dos cosas hay en el mundo que parecen estar una sola vez: arriba, el intrincado sol; abajo, Asterión. Quizá yo he creado las estrellas y el sol y la enorme casa, pero ya no me acuerdo.

Cada nueve años entran en la casa nueve hombres para que yo los libere de todo mal. Oigo sus pasos o su voz en el fondo de las galerías de piedra y corro alegremente a buscarlos. La ceremonia dura pocos minutos. Uno tras otro caen sin que yo me ensangriente las manos. Donde cayeron, quedan, y los cadáveres ayudan a distinguir una galería de las otras. Ignoro quiénes son, pero sé que uno de ellos profetizó, en la hora de su muerte, que alguna vez llegaría mi redentor. Desde entonces no me duele la soledad, porque sé que vive mi redentor y al fin se levantará sobre el polvo. Si mi oído alcanzara todos los rumores del mundo, yo percibiría sus pasos. Ojalá me lleve a un lugar con menos galerías y menos puertas. ¿Cómo será mi redentor?, me pregunto. ¿Será un toro o un hombre? ¿Será tal vez un toro con cara de hombre? ¿O será como yo?

El sol de la mañana reverberó en la espada de bronce. Ya no quedaba ni un vestigio de sangre.

—¿Lo creerás, Ariadna? —dijo Teseo—. El minotauro apenas se defendió.

A Marta Mosquera Eastman

La otra muerte

Un par de años hará (he perdido la carta), Gannon me escribió de Gualeguaychú, anunciando el envío de una versión, acaso la primera española, del poema "The Past", de Ralph Waldo Emerson, y agregando en una posdata que don Pedro Damián, de quien yo guardaría alguna memoria, había muerto noches pasadas, de una congestión pulmonar. El hombre, arrasado por la fiebre, había revivido en su delirio la sangrienta jornada de Masoller; la noticia me pareció previsible y hasta convencional, porque don Pedro, a los diecinueve o veinte años, había seguido las banderas de Aparicio Saravia. La revolución de 1904 lo tomó en una estancia de Río Negro o de Paysandú, donde trabajaba de peón; Pedro Damián era entrerriano, de Gualeguay, pero fue adonde fueron los amigos, tan animoso y tan ignorante como ellos. Combatió en algún entrevero y en la batalla última; repatriado en 1905, retomó con humilde tenacidad las tareas de campo. Que yo sepa, no volvió a dejar su provincia. Los últimos treinta años los pasó en un puesto muy solo, a una o dos leguas del Ñancay; en aquel desamparo, yo conversé con él una tarde (yo traté de conversar con él una tarde), hacia 1942. Era hombre taciturno, de pocas luces. El sonido y la furia de Masoller agotaban su historia; no me sorprendió que los reviviera, en la hora de su muerte... Supe que no vería más a Damián y quise recordarlo; tan pobre es mi memoria visual que sólo recordé una fotografía que Gannon le tomó. El hecho nada tiene de singular, si consideramos que al hombre lo vi a principios de 1942, una vez, y a la efigie, muchísimas. Gannon me mandó esa fotografía; la he perdido y ya no la busco. Me daría miedo encontrarla.

El segundo episodio se produjo en Montevideo, meses después. La fiebre y la agonía del entrerriano me sugirieron un relato fantástico sobre la derrota de Masoller; Emir Rodríguez Monegal, a quien referí el argumento, me dio unas líneas para el coronel Dionisio Tabares, que había hecho esa campaña. El coronel me recibió después de cenar. Desde un sillón de hamaca, en un patio, recordó con desorden y con amor los tiempos que fueron. Habló de municiones que no llegaron y de caballadas rendidas, de hombres dormidos y terrosos tejiendo laberintos de marchas, de Saravia, que pudo haber entrado en Montevideo y que se desvió; "porque el gaucho le teme a la ciudad", de hombres degollados hasta la nuca, de una guerra civil que me pareció menos la colisión de dos ejércitos que el sueño de un matrero. Habló de Illescas, de Tupambaé, de Masoller. Lo hizo con períodos tan cabales y de un modo tan vívido que comprendí que muchas veces había referido esas mismas cosas, y temí que detrás de sus palabras casi no quedaran recuerdos. En un respiro conseguí intercalar el nombre de Damián.

—¿Damián? ¿Pedro Damián? —dijo el coronel—. Ése sirvió conmigo. Un tapecito que le decían Daymán los muchachos. —Inició una ruidosa carcajada y la cortó de golpe, con fingida o veraz incomodidad.

Con otra voz dijo que la guerra servía, como la mujer, para que se probaran los hombres, y que, antes de entrar en batalla, nadie sabía quién es. Alguien podía pensarse cobarde y ser un valiente, y asimismo al revés, como le ocurrió a ese pobre Damián, que se anduvo floreando en las pulperías con su divisa blanca y después flaqueó en Masoller. En algún tiroteo con los *zumacos* se portó como un hombre, pero otra cosa fue cuando los ejércitos se enfrentaron y empezó el cañoneo y cada hombre sintió que cinco mil hombres se habían coaligado para matarlo. Pobre gurí, que se la había pasado bañando ovejas y que de pronto lo arrastró esa patriada...

Absurdamente, la versión de Tabares me avergonzó. Yo hubiera preferido que los hechos no ocurrieran así. Con el viejo Damián, entrevisto una tarde, hace muchos años, yo había fabricado, sin proponérmelo, una suerte de ídolo; la versión de Tabares lo destrozaba. Súbitamente comprendí la reserva y la obstinada soledad de Damián; no las había dictado la modestia, sino el bochorno. En vano me repetí que un hombre acosado por un acto de cobardía es más complejo y más interesante que un hombre meramente animoso. El gaucho Martín Fierro, pensé, es menos memorable que Lord Jim o que Razumov. Sí, pero Damián, como gaucho, tenía obligación de ser Martín Fierro —sobre todo, ante gauchos orientales. En lo que Tabares dijo y no dijo percibí el agreste sabor de lo que se llamaba artiguismo: la conciencia (tal vez incontrovertible) de que el Uruguay es más elemental que nuestro país y, por ende, más bravo... Recuerdo que esa noche nos despedimos con exagerada efusión.

En el invierno, la falta de una o dos circunstancias para mi relato fantástico (que torpemente se obstinaba en no dar con su forma) hizo que yo volviera a la casa del coronel Tabares. Lo hallé con otro señor de edad: el doctor Juan Francisco Amaro, de Paysandú, que también había militado en la revolución de Saravia. Se habló, previsiblemente, de Masoller. Amaro refirió unas anécdotas y después agregó con lentitud, como quien está pensando en voz alta:

—Hicimos noche en *Santa Irene*, me acuerdo, y se nos incorporó alguna gente. Entre ellos, un veterinario francés que murió la víspera de la acción, y un mozo esquilador, de Entre Ríos, un tal Pedro Damián.

Lo interrumpí con acritud.

—Ya sé —le dije—. El argentino que flaqueó ante las balas.

Me detuve; los dos me miraban perplejos.

—Usted se equivoca, señor —dijo, al fin, Amaro—. Pedro Damián murió como querría morir cualquier hombre. Serían las cuatro de la tarde. En la cumbre de la cuchilla se había hecho fuerte la infantería colorada; los nuestros la cargaron, a lanza; Damián iba en la punta, gritando, y una bala lo acertó en pleno pecho. Se paró en los estribos, concluyó el grito y rodó por tierra y quedó entre las patas de los caballos. Estaba muerto y la última carga de Masoller le pasó por encima. Tan valiente y no había cumplido veinte años.

Hablaba, a no dudarlo, de otro Damián, pero algo me hizo preguntar qué gritaba el gurí.

—Malas palabras —dijo el coronel—, que es lo que se grita en las cargas.

—Puede ser —dijo Amaro—, pero también gritó ¡Viva Urquiza!

Nos quedamos callados. Al fin, el coronel murmuró:

—No como si peleara en Masoller, sino en Cagancha o India Muerta, hará un siglo.

Agregó con sincera perplejidad:

—Yo comandé esas tropas, y juraría que es la primera vez que oigo hablar de un Damián.

No pudimos lograr que lo recordara.

En Buenos Aires, el estupor que me produjo su olvido se repitió. Ante los once deleitables volúmenes de las obras de Emerson, en el sótano de la librería inglesa de Mitchell, encontré, una tarde, a Patricio Gannon. Le pregunté por su traducción de "The Past". Dijo que no pensaba traducirlo y que la literatura española era tan tediosa que hacía innecesario a Emerson. Le recordé que me había prometido esa versión en la misma carta en que me escribió la muerte de Damián. Preguntó quién era Damián. Se lo dije, en vano. Con un principio de terror advertí que me oía con extrañeza, y busqué amparo en una discusión literaria sobre los detractores de Emerson, poeta más complejo, más diestro y sin duda más singular que el desdichado Poe.

Algunos hechos más debo registrar. En abril tuve carta del coronel Dionisio Tabares; éste ya no estaba ofuscado y ahora se acordaba muy bien del entrerrianito que hizo punta en la carga de Masoller y que enterraron esa noche sus hombres, al pie de la cuchilla. En julio pasé por Gualeguaychú; no di con el rancho de Damián, de quien ya nadie se acordaba. Quise interrogar al puestero Diego Abaroa, que lo vio morir; éste había fallecido antes del invierno. Quise traer a la memoria los rasgos de Damián; meses después, hojeando unos álbumes, comprobé que el rostro sombrío que yo había conseguido evocar era el del célebre tenor Tamberlick, en el papel de Otelo.

Paso ahora a las conjeturas. La más fácil, pero también la menos satisfactoria, postula dos Damianes: el cobarde que murió en Entre Ríos hacia 1946, el valiente que murió en Masoller en 1904. Su defecto reside en no explicar lo realmente enigmático: los curiosos vaivenes de la memoria del coronel Tabares, el olvido que anula en tan poco tiempo la imagen y hasta el nombre del que volvió. (No acepto, no quiero aceptar, una conjetura más simple: la de haber yo soñado al primero.) Más curiosa es la conjetura sobrenatural que ideó Ulrike von Kühlmann. Pedro Damián, decía Ulrike, pereció en la batalla, y en la hora de su muerte suplicó a Dios que lo hiciera volver a Entre Ríos. Dios vaciló un segundo antes de otorgar esa gracia, y quien la había pedido ya estaba muerto, y algunos hombres lo habían visto caer. Dios, que no puede cambiar el pasado, pero sí las imágenes del pasado, cambió la imagen de la muerte en la de un desfallecimiento, y la sombra del entrerriano volvió a su tierra. Volvió, pero debemos recordar su condición de sombra. Vivió en la soledad, sin una mujer, sin amigos; todo lo amó y lo poseyó, pero desde lejos, como del otro lado de un cristal; "murió", y su tenue imagen se perdió, como el agua en el agua. Esa conjetura es errónea, pero hubiera debido sugerirme la verdadera (la que hoy creo la verdadera), que a la vez es más simple y más inaudita. De un modo casi mágico la descubrí en el tratado *De Omnipotentia*, de Pier Damiani, a cuyo estudio me llevaron dos versos del Canto XXI del *Paradiso*, que plantean precisamente un problema de identidad. En el quinto capítulo de aquel tratado, Pier Damiani sostiene, contra Aristóteles y contra Fredegario de Tours, que Dios puede efectuar que no haya sido lo que alguna vez fue. Leí esas viejas discusiones teológicas y empecé a comprender la trágica historia de don Pedro Damián.

La adivino así. Damián se portó como un cobarde en el campo de Masoller, y dedicó la vida a corregir esa bochornosa flaqueza. Volvió a Entre Ríos; no alzó la mano a ningún hombre, no *marcó* a nadie, no buscó fama de valiente, pero en los campos del Ñancay se hizo duro, lidiando con el monte y la hacienda chúcara. Fue preparando, sin duda sin saberlo, el milagro. Pensó con lo más hondo: Si el destino me trae otra batalla, yo sabré merecerla. Durante cuarenta años la aguardó con oscura esperanza, y el destino al fin se la trajo, en la hora de su muerte. La trajo en forma de delirio pero ya los griegos sabían que somos las sombras de un sueño. En la agonía revivió su batalla, y se condujo como un hombre y encabezó la carga final y una bala lo acertó en pleno pecho. Así, en 1946, por obra de una larga pasión, Pedro Damián murió en la derrota de Masoller, que ocurrió entre el invierno y la primavera de 1904.

En la *Suma Teológica* se niega que Dios pueda hacer que lo pasado no haya sido, pero nada se dice de la intrincada concatenación de causas y efectos, que es tan vasta y tan íntima que acaso no cabría anular *un solo* hecho remoto, por insignificante que fuera, sin invalidar el presente. Modificar el pasado no es modificar un solo hecho; es anular sus consecuencias, que tienden a ser infinitas. Dicho sea con otras palabras; es crear dos historias universales.

En la primera (digamos), Pedro Damián murió en Entre Ríos, en 1946; en la segunda, en Masoller, en 1904. Ésta es la que vivimos ahora, pero la supresión de aquélla no fue inmediata y produjo las incoherencias que he referido. En el coronel Dionisio Tabares se cumplieron las diversas etapas: al principio recordó que Damián obró como un cobarde; luego, lo olvidó totalmente; luego, recordó su impetuosa muerte. No menos corroborativo es el caso del puestero Abaroa; éste murió, lo entiendo, porque tenía demasiadas memorias de don Pedro Damián.

En cuanto a mí, entiendo no correr un peligro análogo. He adivinado y registrado un proceso no accesible a los hombres, una suerte de escándalo de la razón; pero algunas circunstancias mitigan ese privilegio temible. Por lo pronto, no estoy seguro de haber escrito siempre la verdad. Sospecho que en mi relato hay falsos recuerdos. Sospecho que Pedro Damián (si existió) no se llamó Pedro Damián, y que yo lo recuerdo bajo ese nombre para creer algún día que su historia me fue sugerida por los argumentos de Pier Damiani. Algo parecido acontece con el poema que mencioné en el primer párrafo y que versa sobre la irrevocabilidad del pasado. Hacia 1951 creeré haber fabricado un cuento fantástico y habré historiado un hecho real; también el inocente Virgilio, hará dos mil años, creyó anunciar el nacimiento de un hombre y vaticinaba el de Dios.

¡Pobre Damián! La muerte lo llevó a los veinte años en una triste guerra ignorada y en una batalla casera, pero consiguió lo que anhelaba su corazón, y tardó mucho en conseguirlo, y acaso no hay mayores felicidades.

Deutsches Requiem

Aunque Él me quitare la vida, en Él confiaré.

Job 13:15

Mi nombre es Otto Dietrich zur Linde. Uno de mis antepasados, Christoph zur Linde, murió en la carga de caballería que decidió la victoria de Zorndorf. Mi bisabuelo materno, Ulrich Forkel, fue asesinado en la foresta de Marchenoir por francotiradores franceses, en los últimos días de 1870; el capitán Dietrich zur Linde, mi padre, se distinguió en el sitio de Namur, en 1914, y, dos años después, en la travesía del Danubio.[1] En cuanto a mí, seré fusilado por torturador y asesino. El tribunal ha procedido con rectitud; desde el principio, yo me he declarado culpable. Mañana, cuando el reloj de la prisión dé las nueve, yo habré entrado en la muerte; es natural que piense en mis mayores, ya que tan cerca estoy de su sombra, ya que de algún modo soy ellos.

Durante el juicio (que afortunadamente duró poco) no hablé; justificarme, entonces, hubiera entorpecido el dictamen y hubiera parecido una cobardía. Ahora las cosas han cambiado; en esta noche que precede a mi ejecución, puedo hablar sin temor. No pretendo ser

1. Es significativa la omisión del antepasado más ilustre del narrador, el teólogo y hebraísta Johannes Forkel (1799-1846), que aplicó la dialéctica de Hegel a la cristología y cuya versión literal de algunos de los Libros Apócrifos mereció la censura de Hengstenberg y la aprobación de Thilo y Geseminus. (*Nota del editor.*)

perdonado, porque no hay culpa en mí, pero quiero ser comprendido. Quienes sepan oírme, comprenderán la historia de Alemania y la futura historia del mundo. Yo sé que casos como el mío, excepcionales y asombrosos ahora, serán muy en breve triviales. Mañana moriré, pero soy un símbolo de las generaciones del porvenir.

Nací en Marienburg, en 1908. Dos pasiones, ahora casi olvidadas, me permitieron afrontar con valor y aun con felicidad muchos años infaustos: la música y la metafísica. No puedo mencionar a todos mis bienhechores, pero hay dos nombres que no me resigno a omitir: el de Brahms y el de Schopenhauer. También frecuenté la poesía; a esos nombres quiero juntar otro vasto nombre germánico, William Shakespeare. Antes, la teología me interesó, pero de esa fantástica disciplina (y de la fe cristiana) me desvió para siempre Schopenhauer, con razones directas; Shakespeare y Brahms, con la infinita variedad de su mundo. Sepa quien se detiene maravillado, trémulo de ternura y de gratitud, ante cualquier lugar de la obra de esos felices, que yo también me detuve ahí, yo el abominable.

Hacia 1927 entraron en mi vida Nietzsche y Spengler. Observa un escritor del siglo XVIII que nadie quiere deber nada a sus contemporáneos; yo, para libertarme de una influencia que presentí opresora, escribí un artículo titulado *Abrechnung mit Spengler*, en el que hacía notar que el monumento más inequívoco de los rasgos que el autor llama fáusticos no es el misceláneo drama de Goethe[1] sino un poema redactado hace veinte siglos, el *De rerum natura*. Rendí justicia, empero, a la sinceridad del filósofo de la historia, a su espíritu radicalmente alemán (*kerndeutsch*), militar. En 1929 entré en el Partido.

Poco diré de mis años de aprendizaje. Fueron más duros para mí que para muchos otros, ya que a pesar de no carecer de valor, me falta toda vocación de violencia. Comprendí, sin embargo, que estábamos al borde de un tiempo nuevo y que ese tiempo, comparable a las épocas iniciales del Islam o del Cristianismo, exigía hombres nuevos. Individualmente, mis camaradas me eran odiosos; en vano procuré razonar que para el alto fin que nos congregaba, no éramos individuos.

Aseveran los teólogos que si la atención del Señor se desviara un solo segundo de mi derecha mano que escribe, ésta recaería en la nada, como si la fulminara un fuego sin luz. Nadie puede ser, digo yo, nadie puede probar una copa de agua o partir un trozo de pan, sin justificación. Para cada hombre, esa justificación es distinta; yo esperaba la guerra inexorable que probaría nuestra fe. Me bastaba saber que yo sería un soldado de sus batallas. Alguna vez temí que nos defraudaran la cobardía de Inglaterra y de Rusia. El azar, o el destino, tejió de otra manera mi porvenir: el primero de marzo de 1939, al oscurecer, hubo

1. Otras naciones viven con inocencia, en sí y para sí como los minerales o los meteoros; Alemania es el espejo universal que a todas recibe, la conciencia del mundo (*das Weltbewusstsein*). Goethe es el prototipo de esa comprensión ecuménica. No lo censuro, pero no veo en él al hombre fáustico de la tesis de Spengler.

disturbios en Tilsit que los diarios no registraron; en la calle detrás de la sinagoga, dos balas me atravesaron la pierna, que fue necesario amputar.[1] Días después, entraban en Bohemia nuestros ejércitos; cuando las sirenas lo proclamaron, yo estaba en el sedentario hospital, tratando de perderme y de olvidarme en los libros de Schopenhauer. Símbolo de mi vano destino, dormía en el borde de la ventana un gato enorme y fofo.

En el primer volumen de *Parerga und Paralipomena* releí que todos los hechos que pueden ocurrirle a un hombre, desde el instante de su nacimiento hasta el de su muerte, han sido prefijados por él. Así, toda negligencia es deliberada, todo casual encuentro una cita, toda humillación una penitencia, todo fracaso una misteriosa victoria, toda muerte un suicidio. No hay consuelo más hábil que el pensamiento de que hemos elegido nuestras desdichas; esa teleología individual nos revela un orden secreto y prodigiosamente nos confunde con la divinidad. ¿Qué ignorado propósito (cavilé) me hizo buscar ese atardecer, esas balas y esa mutilación? No el temor de la guerra, yo lo sabía; algo más profundo. Al fin creí entender. Morir por una religión es más simple que vivirla con plenitud; batallar en Éfeso contra las fieras es menos duro (miles de mártires oscuros lo hicieron) que ser Pablo, siervo de Jesucristo; un acto es menos que todas las horas de un hombre. La batalla y la gloria son *facilidades*; más ardua que la empresa de Napoleón fue la de Raskolnikov. El 7 de febrero de

---

1. Se murmura que las consecuencias de esa herida fueron muy graves. (*Nota del editor.*)

1941 fui nombrado subdirector del campo de concentración de Tarnowitz.

El ejercicio de ese cargo no me fue grato; pero no pequé nunca de negligencia. El cobarde se prueba entre las espadas; el misericordioso, el piadoso, busca el examen de las cárceles y del dolor ajeno. El nazismo, intrínsecamente, es un hecho moral, un despojarse del viejo hombre, que está viciado, para vestir el nuevo. En la batalla esa mutación es común, entre el clamor de los capitanes y el vocerío; no así en un torpe calabozo, donde nos tienta con antiguas ternuras la insidiosa piedad. No en vano escribo esa palabra; la piedad por el hombre superior es el último pecado de Zarathustra. Casi lo cometí (lo confieso) cuando nos remitieron de Breslau al insigne poeta David Jerusalem.

Era éste un hombre de cincuenta años. Pobre de bienes de este mundo, perseguido, negado, vituperado, había consagrado su genio a cantar la felicidad. Creo recordar que Albert Soergel, en la obra *Dichtung der Zeit*, lo equipara con Whitman. La comparación no es feliz; Whitman celebra el universo de un modo previo, general, casi indiferente; Jerusalem se alegra de cada cosa, con minucioso amor. No comete jamás enumeraciones, catálogos. Aún puedo repetir muchos hexámetros de aquel hondo poema que se titula *Tse Yang, pintor de tigres*, que está como rayado de tigres, que está como cargado y atravesado de tigres transversales y silenciosos. Tampoco olvidaré el soliloquio *Rosencrantz habla con el Ángel*, en el que un prestamista londinense del siglo XVI vanamente trata, al morir, de vindicar sus culpas, sin sospechar que la secreta justificación de su vida es haber inspirado a uno de sus clientes (que lo ha visto una sola vez y a quien no recuerda) el carácter de Shylock. Hombre de memorables ojos, de piel cetrina, de barba casi negra, David Jerusalem era el prototipo del judío sefardí, si bien pertenecía a los depravados y aborrecidos Ashkenazim. Fui severo con él; no permití que me ablandaran ni la compasión ni su gloria. Yo había comprendido hace muchos años que no hay cosa en el mundo que no sea germen de un Infierno posible; un rostro, una palabra, una brújula, un aviso de cigarrillos, podrían enloquecer a una persona, si ésta no lograra olvidarlos. ¿No estaría loco un hombre que continuamente se figurara el mapa de Hungría? Determiné aplicar ese principio al régimen disciplinario de nuestra casa y[1]... A fines de 1942, Jerusalem perdió la razón; el primero de marzo de 1943, logró darse muerte.[2]

Ignoro si Jerusalem comprendió que si yo lo destruí, fue para destruir mi piedad. Ante mis ojos, no era un hombre, ni siquiera un judío; se había transformado en el símbolo de una detestada zona de mi alma. Yo agonicé con él, yo morí con él, yo de algún modo me he perdido con él; por eso, fui implacable.

Mientras tanto, giraban sobre nosotros los grandes días y las grandes noches de una guerra feliz. Había en el aire

1. Ha sido inevitable, aquí, omitir unas líneas. (*Nota del editor.*)

2. Ni en los archivos ni en la obra de Soergel figura el nombre de Jerusalem. Tampoco lo registran las historias de la literatura alemana. No creo, sin embargo, que se trate de un personaje falso. Por orden de Otto Dietrich zur Linde fueron torturados en Tarnowitz muchos intelectuales judíos, entre ellos la pianista Emma Rosenzweig. "David Jerusalem" es tal vez un símbolo de varios individuos. Nos dicen que murió el primero de marzo de 1943, el primero de marzo de 1939, el narrador fue herido en Tilsit. (*Nota del editor.*)

que respirábamos un sentimiento parecido al amor. Como si bruscamente el mar estuviera cerca, había un asombro y una exaltación en la sangre. Todo, en aquellos años, era distinto; hasta el sabor del sueño. (Yo, quizá, nunca fui plenamente feliz, pero es sabido que la desventura requiere paraísos perdidos.) No hay hombre que no aspire a la plenitud, es decir a la suma de experiencias de que un hombre es capaz; no hay hombre que no tema ser defraudado de alguna parte de ese patrimonio infinito. Pero todo lo ha tenido mi generación, porque primero le fue deparada la gloria y después la derrota.

En octubre o noviembre de 1942, mi hermano Friedrich pereció en la segunda batalla de El Alamein, en los arenales egipcios; un bombardeo aéreo, meses después, destrozó nuestra casa natal; otro, a fines de 1943, mi laboratorio. Acosado por vastos continentes, moría el Tercer Reich; su mano estaba contra todos y las manos de todos contra él. Entonces, algo singular ocurrió, que ahora creo entender. Yo me creía capaz de apurar la copa de la cólera, pero en las heces me detuvo un sabor no esperado, el misterioso y casi terrible sabor de la felicidad. Ensayé diversas explicaciones; no me bastó ninguna. Pensé: *Me satisface la derrota, porque secretamente me sé culpable y sólo puede redimirme el castigo*. Pensé: *Me satisface la derrota, porque es un fin y yo estoy muy cansado.* Pensé: *Me satisface la derrota, porque ha ocurrido, porque está innumerablemente unida a todos los hechos que son, que fueron, que serán, porque censurar o deplorar un solo hecho real es blasfemar del universo.* Esas razones ensayé, hasta dar con la verdadera.

Se ha dicho que todos los hombres nacen aristotélicos o platónicos. Ello equivale a declarar que no hay debate de carácter abstracto que no sea un momento de la polémica de Aristóteles y Platón; a través de los siglos y latitudes, cambian los nombres, los dialectos, las caras, pero no los eternos antagonistas. También la historia de los pueblos registra una continuidad secreta. Arminio, cuando degolló en una ciénaga las legiones de Varo, no se sabía precursor de un Imperio Alemán; Lutero, traductor de la *Biblia*, no sospechaba que su fin era forjar un pueblo que destruyera para siempre la *Biblia*; Christoph zur Linde, a quien mató una bala moscovita en 1758, preparó de algún modo las victorias de 1914; Hitler creyó luchar por *un* país, pero luchó por todos, aun por aquellos que agredió y detestó. No importa que su yo lo ignorara; lo sabían su sangre, su voluntad. El mundo se moría de judaísmo y de esa enfermedad del judaísmo, que es la fe de Jesús; nosotros le enseñamos la violencia y la fe de la espada. Esa espada nos mata y somos comparables al hechicero que teje un laberinto y que se ve forzado a errar en él hasta el fin de sus días o a David que juzga a un desconocido y lo condena a muerte y oye después la revelación: "Tú eres aquel hombre". Muchas cosas hay que destruir para edificar el nuevo orden; ahora sabemos que Alemania era una de esas cosas. Hemos dado algo más que nuestra vida, hemos dado la suerte de nuestro querido país. Que otros maldigan y otros lloren; a mí me regocija que nuestro don sea orbicular y perfecto.

Se cierne ahora sobre el mundo una época implacable. Nosotros la forjamos, nosotros que ya somos su víctima. ¿Qué importa que Inglaterra sea el martillo y nosotros el yunque? Lo importante es que rija la violencia, no las serviles timideces cristianas. Si la victoria y la injusticia y la felicidad no son para Alemania, que sean para otras naciones. Que el cielo exista, aunque nuestro lugar sea el infierno.

Miro mi cara en el espejo para saber quién soy, para saber cómo me portaré dentro de unas horas, cuando me enfrente con el fin. Mi carne puede tener miedo; yo, no.

La busca de Averroes

S'imaginant que la tragédie n'est autre chose que l'art de louer...

ERNEST RENAN: *Averroés*, 48 (1861)

Abulgualid Muhámmad Ibn-Ahmad ibn-Muhámmad ibn-Rushd (un siglo tardaría ese largo nombre en llegar a Averroes, pasando por Benraist y por Avenryz, y aun por Aben-Rassad y Filius Rosadis) redactaba el undécimo capítulo de la obra *Tahafut-ul-Tahafut* (Destrucción de la Destrucción), en el que se mantiene, contra el asceta persa Ghazali, autor del *Tahafut-ul-falasifa* (Destrucción de filósofos), que la divinidad sólo conoce las leyes generales del universo, lo concerniente a las especies, no al individuo. Escribía con lenta seguridad, de derecha a izquierda; el ejercicio de formar silogismos y de eslabonar vastos párrafos no le impedía sentir, como un bienestar, la fresca y honda casa que lo rodeaba. En el fondo de la siesta se enronquecían amorosas palomas; de algún patio invisible se elevaba el rumor de una fuente; algo en la carne de Averroes, cuyos antepasados procedían de los desiertos árabes, agradecía la constancia del agua. Abajo estaban los jardines, la huerta; abajo, el atareado Guadalquivir y después la querida ciudad de Córdoba, no menos clara que Bagdad o que el Cairo, como un complejo y delicado instrumento, y alrededor (esto Averroes lo sentía también) se dilataba hacia el confín la tierra de España, en la que hay pocas cosas, pero donde cada una parece estar de un modo sustantivo y eterno.

La pluma corría sobre la hoja, los argumentos se enlazaban, irrefutables, pero una leve preocupación empañó la felicidad de Averroes. No la causaba el *Tahafut*, trabajo fortuito, sino un problema de índole filológica vinculado a la obra monumental que lo justificaría ante las gentes: el comentario de Aristóteles. Este griego, manantial de toda filosofía, había sido otorgado a los hombres para enseñarles todo lo que se puede saber; interpretar sus libros como los ulemas interpretan el *Alcorán* era el arduo propósito de Averroes. Pocas cosas más bellas y más patéticas registrará la historia que esa consagración de un médico árabe a los pensamientos de un hombre de quien lo separaban catorce siglos; a las dificultades intrínsecas debemos añadir que Averroes, ignorante del siríaco y del griego, trabajaba sobre la traducción de una traducción. La víspera, dos palabras dudosas lo habían detenido en el principio de la *Poética*. Esas palabras eran *tragedia* y *comedia*. Las había encontrado años atrás, en el libro tercero de la *Retórica*; nadie, en el ámbito del Islam, barruntaba lo que querían decir. Vanamente había fatigado las páginas de Alejandro de Afrodisia, vanamente había compulsado las versiones del nestoriano Hunáin ibn-Ishaq y de Abu-Bashar Mata. Esas dos palabras arcanas pululaban en el texto de la *Poética*; imposible eludirlas.

Averroes dejó la pluma. Se dijo (sin demasiada fe) que suele estar muy cerca lo que buscamos, guardó el manuscrito del *Tahafut* y se dirigió al anaquel donde se alineaban, copiados por calígrafos persas, los muchos volúmenes del *Mohkam* del ciego Abensida. Era irrisorio imaginar que no los había consultado, pero lo tentó el ocioso placer de volver sus páginas. De esa estudiosa distracción lo distrajo una suerte de melodía. Miró por el balcón enrejado; abajo, en el estrecho patio de tierra, jugaban unos chicos semidesnudos. Uno, de pie en los hombros de otro, hacía notoriamente de almuédano; bien cerrados los ojos, salmodiaba "No hay otro dios que el Dios". El que lo sostenía, inmóvil, hacía de alminar; otro, abyecto en el polvo y arrodillado, de congregación de los fieles. El juego duró poco: todos querían ser el almuédano, nadie la congregación o la torre. Averroes los oyó disputar en dialecto grosero, vale decir en el incipiente español de la plebe musulmana de la Península. Abrió el *Quitah ul ain* de Jalil y pensó con orgullo que en toda Córdoba (acaso en todo Al-Andalus) no había otra copia de la obra perfecta que ésta que el emir Yacub Almansur le había remitido de Tánger. El nombre de ese puerto le recordó que el viajero Abulcásim Al Asharí, que había regresado de Marruecos, cenaría con él esa noche en casa del alcoranista Farach. Abulcásim decía haber alcanzado los reinos del imperio de Sin (de la China); sus detractores, con esa lógica peculiar que da el odio, juraban que nunca había pisado la China y que en los templos de ese país había blasfemado de Alá. Inevitablemente, la reunión duraría unas horas; Averroes, presuroso, retomó la escritura del *Tahafut*. Trabajó hasta el crepúsculo de la noche.

El diálogo, en la casa de Farach, pasó de las incomparables virtudes del gobernador a las de su hermano el emir; después, en el jardín, hablaron de rosas. Abulcásim, que no las había mirado, juró que no había rosas como las rosas que decoran los cármenes andaluces. Farach no se dejó sobornar; observó que el docto Ibn Qutaiba describe una excelente variedad de la rosa perpetua, que se da en los jardines del Indostán y cuyos pétalos, de un rojo encarnado, presentan caracteres que dicen: "No hay otro dios que el Dios, Muhámmad es el Apóstol de Dios". Agregó que Abulcásim, seguramente, conocería esas rosas. Abulcásim lo miró con alarma. Si respondía que sí, todos lo juzgarían, con razón, el más disponible y casual de los impostores; si respondía que no, lo juzgarían un infiel. Optó por musitar que con el Señor están las llaves de las cosas ocultas y que no hay en la tierra una cosa verde o una cosa marchita que no esté registrada en Su Libro. Esas palabras pertenecen a una de las primeras azoras; las acogió un murmullo reverencial. Envanecido por esa victoria dialéctica, Abulcásim iba a pronunciar que el Señor es perfecto en sus obras e inescrutable. Entonces Averroes declaró, prefigurando las remotas razones de un todavía problemático Hume:

—Me cuesta menos admitir un error en el docto Ibn Qutaiba, o en los copistas, que admitir que la tierra da rosas con la profesión de la fe.

—Así es. Grandes y verdaderas palabras —dijo Abulcásim.

—Algún viajero —recordó el poeta Abdalmálik— habla de un árbol cuyo fruto son verdes pájaros. Menos me duele creer en él que en rosas con letras.

—El color de los pájaros —dijo Averroes— parece facilitar el portento. Además, los frutos y los pájaros pertenecen al mundo natural, pero la escritura es un arte. Pasar de hojas a pájaros es más fácil que de rosas a letras.

Otro huésped negó con indignación que la escritura fuese un arte, ya que el original del Qurán —*la madre del*

Libro— es anterior a la Creación y se guarda en el cielo. Otro habló de Cháhiz de Basra, que dijo que el Qurán es una sustancia que puede tomar la forma de un hombre o la de un animal, opinión que parece convenir con la de quienes le atribuyen dos caras. Farach expuso largamente la doctrina ortodoxa. El Qurán (dijo) es uno de los atributos de Dios, como Su piedad; se copia en un libro, se pronuncia con la lengua, se recuerda en el corazón, y el idioma y los signos y la escritura son obra de los hombres, pero el Qurán es irrevocable y eterno. Averroes, que había comentado la *República*, pudo haber dicho que la madre del Libro es algo así como su modelo platónico, pero notó que la teología era un tema del todo inaccesible a Abulcásim.

Otros, que también lo advirtieron, instaron a Abulcásim a referir alguna maravilla. Entonces como ahora, el mundo era atroz; los audaces podían recorrerlo, pero también los miserables, los que se allanaban a todo. La memoria de Abulcásim era un espejo de íntimas cobardías. ¿Qué podía referir? Además, le exigían maravillas y la maravilla es acaso incomunicable: la luna de Bengala no es igual a la luna del Yemen, pero se deja describir con las mismas voces. Abulcásim vaciló; luego, habló:

—Quien recorre los climas y las ciudades —proclamó con unción— ve muchas cosas que son dignas de crédito. Ésta, digamos, que sólo he referido una vez, al rey de los turcos. Ocurrió en Sin Kalán (Cantón), donde el río del Agua de la Vida se derrama en el mar.

Farach preguntó si la ciudad quedaba a muchas leguas de la muralla que Iskandar Zul Qarnain (Alejandro Bicorne de Macedonia) levantó para detener a Gog y a Magog.

—Desiertos la separan —dijo Abulcásim, con involuntaria soberbia—. Cuarenta días tardaría una cáfila (caravana) en divisar sus torres y dicen que otros tantos en alcanzarlas. En Sin Kalán no sé de ningún hombre que la haya visto o que haya visto a quien la vio.

El temor de lo crasamente infinito, del mero espacio, de la mera materia, tocó por un instante a Averroes. Miró el simétrico jardín; se supo envejecido, inútil, irreal. Decía Abulcásim:

—Una tarde, los mercaderes musulmanes de Sin Kalán me condujeron a una casa de madera pintada, en la que vivían muchas personas. No se puede contar cómo era esa casa, que más bien era un solo cuarto, con filas de alacenas o de balcones, unas encima de otras. En esas cavidades había gente que comía y bebía; y asimismo en el suelo, y asimismo en una terraza. Las personas de esa terraza tocaban el tambor y el laúd, salvo unas quince o veinte (con máscaras de color carmesí) que rezaban, cantaban y dialogaban. Padecían prisiones, y nadie veía la cárcel; cabalgaban, pero no se percibía el caballo; combatían, pero las espadas eran de caña; morían y después estaban de pie.

—Los actos de los locos —dijo Farach— exceden las previsiones del hombre cuerdo.

—No estaban locos —tuvo que explicar Abulcásim—. Estaban figurando, me dijo un mercader, una historia.

Nadie comprendió, nadie pareció querer comprender. Abulcásim, confuso, pasó de la escuchada narración a las desairadas razones. Dijo, ayudándose con las manos:

—Imaginemos que alguien muestra una historia en vez de referirla. Sea esa historia la de los durmientes de Éfeso. Los vemos retirarse a la caverna, los vemos orar y dormir, los vemos dormir con los ojos abiertos, los vemos crecer mientras duermen, los vemos despertar a la vuelta de trescientos nueve años, los vemos entregar al vendedor una antigua moneda, los vemos despertar en el paraíso, los vemos despertar con el perro. Algo así nos mostraron aquella tarde las personas de la terraza.

—¿Hablaban esas personas? —interrogó Farach.

—Por supuesto que hablaban —dijo Abulcásim, convertido en apologista de una función que apenas recordaba y que lo había fastidiado bastante—. ¡Hablaban y cantaban y peroraban!

—En tal caso —dijo Farach— no se requerían *veinte* personas. Un solo hablista puede referir cualquier cosa, por compleja que sea.

Todos aprobaron ese dictamen. Se encarecieron las virtudes del árabe, que es el idioma que usa Dios para dirigir a los ángeles; luego, de la poesía de los árabes. Abdalmálik, después de ponderarla debidamente, motejó de anticuados a los poetas que en Damasco o en Córdoba se aferraban a imágenes pastoriles y a un vocabulario beduino. Dijo que era absurdo que un hombre ante cuyos ojos se dilataba el Guadalquivir celebrara el agua de un pozo. Urgió la conveniencia de renovar las antiguas metáforas; dijo que cuando Zuhair comparó al destino con un camello ciego, esa figura pudo suspender a la gente, pero que cinco siglos de admiración la habían gastado. Todos aprobaron ese dictamen, que ya habían escuchado muchas veces, de muchas bocas. Averroes callaba. Al fin habló, menos para los otros que para él mismo.

—Con menos elocuencia —dijo Averroes— pero con argumentos congéneres, he defendido alguna vez la proposición que mantiene Abdalmálik. En Alejandría se ha dicho que sólo es incapaz de una culpa quien ya la cometió y ya se arrepintió; para estar libre de un error, agreguemos, conviene haberlo profesado. Zuhair, en su mohalaca, dice que en el decurso de ochenta años de dolor y de gloria, ha visto muchas veces al destino atropellar de golpe a los hombres, como un camello ciego. Abdalmálik entiende que esa figura ya no puede maravillar. A ese reparo cabría contestar muchas cosas. La primera, que si el fin del poema fuera el asombro, su tiempo no se mediría por siglos, sino por días y por horas y tal vez por minutos. La segunda, que un famoso poeta es menos inventor que descubridor. Para alabar a Ibn-Sháraf de Berja, se ha repetido que sólo él pudo imaginar que las estrellas en el alba caen lentamente, como las hojas caen de los árboles; ello, si fuera cierto, evidenciaría que la imagen es baladí. La imagen que un solo hombre puede formar es la que no toca a ninguno. Infinitas cosas hay en la tierra; cualquiera puede equipararse a cualquiera. Equiparar estrellas con hojas no es menos arbitrario que equipararlas con peces o con pájaros. En cambio, nadie no sintió alguna vez que el destino es fuerte y es torpe, que es inocente y es también inhumano. Para esa convicción, que puede ser pasajera o continua, pero que nadie elude, fue escrito el verso de Zuhair. No se dirá mejor lo que allí se dijo. Además (y esto es acaso lo esencial de mis reflexiones), el tiempo, que despoja los alcázares, enriquece los versos. El de Zuhair, cuando éste lo compuso en Arabia, sirvió para confrontar dos imágenes, la del viejo camello y la del destino: repetido ahora, sirve para memoria de Zuhair y para confundir nuestros pesares con los de aquel árabe muerto. Dos términos tenía la figura y hoy tiene cuatro. El tiempo agranda el ámbito de los versos y sé de algunos que a la par de la música, son todo para todos los hombres. Así, atormentado hace años en Marrakesh por memorias de Córdoba, me complacía en repetir el apóstrofe que Abdurrahmán dirigió en los jardines de Ruzafa a una palma africana:

Tú también eres, ¡oh palma!
En este suelo extranjera...

Singular beneficio de la poesía; palabras redactadas por un rey que anhelaba el Oriente me sirvieron a mí, desterrado en África, para mi nostalgia de España.

Averroes, después, habló de los primeros poetas, de aquellos que en el Tiempo de la Ignorancia, antes del Islam, ya dijeron todas las cosas, en el infinito lenguaje de los desiertos. Alarmado, no sin razón, por las fruslerías de Ibn-Sháraf, dijo que en los antiguos y en el Qurán estaba cifrada toda poesía y condenó por analfabeta y por vana la ambición de innovar. Los demás lo escucharon con placer, porque vindicaba lo antiguo.

Los muecines llamaban a la oración de la primera luz cuando Averroes volvió a entrar en la biblioteca. (En el harén, las esclavas de pelo negro habían torturado a una esclava de pelo rojo, pero él no lo sabría sino a la tarde.) Algo le había revelado el sentido de las dos palabras oscuras. Con firme y cuidadosa caligrafía agregó estas líneas al manuscrito: "Aristú (Aristóteles) denomina tragedia a los panegíricos y comedias a las sátiras y anatemas. Admirables tragedias y comedias abundan en las páginas del Corán y en las mohalacas del santuario."

Sintió sueño, sintió un poco de frío. Desceñido el turbante, se miró en un espejo de metal. No sé lo que vieron sus ojos, porque ningún historiador ha descrito las formas de su cara. Sé que desapareció bruscamente, como si lo fulminara un fuego sin luz, y que con él desaparecieron la casa y el invisible surtidor y los libros y los manuscritos y las palomas y las muchas esclavas de pelo negro y la trémula esclava de pelo rojo y Farach y Abulcásim y los rosales y tal vez el Guadalquivir.

En la historia anterior quise narrar el proceso de una derrota. Pensé, primero, en aquel arzobispo de Canterbury que se propuso demostrar que hay un Dios; luego, en los alquimistas que buscaron la piedra filosofal; luego, en los vanos trisectores del ángulo y rectificadores del círculo. Reflexioné, después, que más poético es el caso de un hombre que se propone un fin que no está vedado a los otros, pero sí a él. Recordé a Averroes, que encerrado en el ámbito del Islam, nunca pudo saber el significado de las voces *tragedia* y *comedia*. Referí el caso; a medida que adelantaba, sentí lo que hubo de sentir aquel dios mencionado por Burton que se propuso crear un toro y creó un búfalo. Sentí que la obra se burlaba de mí. Sentí que Averroes, queriendo imaginar lo que es un drama sin haber sospechado lo que es un teatro, no era más absurdo que yo, queriendo imaginar a Averroes, sin otro material que unos adarmes de Renan, de Lane y de Asín Palacios. Sentí, en la última página, que mi narración era un símbolo del hombre que yo fui, mientras la escribía y que, para redactar esa narración, yo tuve que ser aquel hombre y que, para ser aquel hombre, yo tuve que redactar esa narración, y así hasta lo infinito. (En el instante en que yo dejo de creer en él, "Averroes" desaparece.)

El Zahir

En Buenos Aires el Zahir es una moneda común, de veinte centavos; marcas de navajas o de cortaplumas rayan las letras N T y el número 2; 1929 es la fecha grabada en el anverso. (En Guzerat, a fines del siglo XVIII, un tigre fue Zahir; en Java, un ciego de la mezquita de Surakarta, a quien lapidaron los fieles; en Persia, un astrolabio que Nadir Shah hizo arrojar al fondo del mar; en las prisiones de Mahdí, hacia 1892, una pequeña brújula que Rudolf Carl von Slatin tocó, envuelta en un jirón de turbante; en la aljama de Córdoba, según Zotenberg, una veta en el mármol de uno de los mil doscientos pilares; en la judería de Tetuán, el fondo de un pozo.) Hoy es el 13 de noviembre; el día 7 de junio, a la madrugada, llegó a mis manos el Zahir; no soy el que era entonces pero aún me es dado recordar, y acaso referir, lo ocurrido. Aún, siquiera parcialmente, soy Borges.

El 6 de junio murió Teodelina Villar. Sus retratos, hacia 1930, obstruían las revistas mundanas; esa plétora acaso contribuyó a que la juzgaran muy linda, aunque no todas las efigies apoyaran incondicionalmente esa hipótesis. Por lo demás, Teodelina Villar se preocupaba menos de la belleza que de la perfección. Los hebreos y los chinos codificaron todas las circunstancias humanas; en la *Mishnah* se lee que, iniciado el crepúsculo del sábado, un sastre no debe salir a la calle con una aguja; en el *Libro de los Ritos* que un huésped, al recibir la primera copa, debe tomar un aire grave y, al recibir la segunda, un aire respetuoso y feliz. Análogo, pero más minucioso, era el rigor que se exigía Teodelina Villar. Buscaba, como el adepto de Confucio o el talmudista, la irreprochable corrección de cada acto, pero su empeño era más admirable y más duro, porque las normas de su credo no eran eternas, sino que se plegaban a los azares de París o de Hollywood. Teodelina Villar se mostraba en lugares ortodoxos, a la hora ortodoxa, con atributos ortodoxos, con desgano ortodoxo, pero el desgano, los atributos, la hora y los lugares caducaban casi inmediatamente y servirían (en boca de Teodelina Villar) para definición de lo cursi. Buscaba lo absoluto, como Flaubert, pero lo absoluto en lo momentáneo. Su vida era ejemplar y, sin embargo, la roía sin tregua una desesperación interior. Ensayaba continuas metamorfosis, como para huir de sí misma; el color de su pelo y las formas de su peinado eran famosamente inestables. También cambiaban la sonrisa, la tez, el sesgo de los ojos. Desde 1932, fue estudiosamente delgada... La guerra le dio mucho que pensar. Ocupado París por los alemanes ¿cómo seguir la moda? Un extranjero de quien ella siempre había desconfiado se permitió abusar de su buena fe para venderle una porción de sombreros cilíndricos; al año, se propaló que esos adefesios *nunca se habían llevado en París* y por consiguiente no eran sombreros, sino arbitrarios y desautorizados caprichos. Las desgracias no vienen solas; el doctor Villar tuvo que mudarse a la calle Aráoz y el retrato de su hija decoró anuncios de cremas y de automóviles. (¡Las cremas que harto se aplicaba, los automóviles que ya *no* poseía!) Ésta sabía que el buen ejercicio de su arte exigía una gran fortuna; prefirió retirarse a claudicar. Además, le dolía competir con chicuelas insustanciales. El siniestro departamento de Aráoz resultó demasiado oneroso; el 6 de junio, Teodelina Villar cometió el solecismo de morir en pleno Barrio Sur. ¿Confesaré que, movido por la más sincera de las pasiones argentinas, el esnobismo, yo estaba enamorado de ella y que su muerte me afectó hasta las lágrimas? Quizá ya lo haya sospechado el lector.

En los velorios, el progreso de la corrupción hace que el muerto recupere sus caras anteriores. En alguna etapa de la confusa noche del 6, Teodelina Villar fue mágicamente la que fue hace veinte años; sus rasgos recobraron la autoridad que dan la soberbia, el dinero, la juventud, la conciencia de coronar una jerarquía, la falta de imaginación, las limitaciones, la estolidez. Más o menos pensé: ninguna versión de esa cara que tanto me inquietó será tan memorable como ésta; conviene que sea la última, ya que pudo ser la primera. Rígida entre las flores la dejé, perfeccionando su desdén por la muerte. Serían las dos de la mañana cuando salí. Afuera, las previstas hileras de casas bajas y de casas de un piso habían tomado ese aire abstracto que suelen tomar en la noche, cuando la sombra y el silencio las simplifican. Ebrio de una piedad casi impersonal, caminé por las calles. En la esquina de Chile y de Tacuarí vi un almacén abierto. En aquel almacén, para mi desdicha, tres hombres jugaban al truco.

En la figura que se llama *oxímoron*, se aplica a una palabra un epíteto que parece contradecirla; así los gnósticos hablaron de luz oscura; los alquimistas, de un sol negro. Salir de mi última visita a Teodelina Villar y tomar una caña en un almacén era una especie de oxímoron; su grosería y su facilidad me tentaron. (La circunstancia de que se jugara a los naipes aumentaba el contraste.) Pedí una caña de naranja; en el vuelto me dieron el Zahir; lo miré un instante; salí a la calle, tal vez con un principio de fiebre. Pensé que no hay moneda que no sea símbolo de las monedas que sin fin resplandecen en la historia y la fábula. Pensé en el óbolo de Caronte; en el óbolo que pidió Belisario; en los treinta dineros de Judas; en las dracmas de la cortesana Laís; en la antigua moneda que ofreció uno de los durmientes de Éfeso; en las claras monedas del hechicero de *Las mil y una noches*, que después eran círculos de papel; en el denario inagotable de Isaac Laquedem; en las sesenta mil piezas de plata, una por cada verso de una epopeya, que Firdusi devolvió a un rey porque no eran de oro; en la onza de oro que hizo clavar Ahab en el mástil; en el florín irreversible de Leopold Bloom; en el luis cuya efigie delató, cerca de Varennes, al fugitivo Luis XVI. Como en un sueño, el pensamiento de que toda moneda permite esas ilustres connotaciones me pareció de vasta, aunque inexplicable, importancia. Recorrí, con creciente velocidad, las calles y las plazas desiertas. El cansancio me dejó en una esquina. Vi una sufrida verja de fierro; detrás vi las baldosas negras y blancas del atrio de la Concepción. Había errado en círculo; ahora estaba a una cuadra del almacén donde me dieron el Zahir.

Doblé; la ochava oscura me indicó, desde lejos, que el almacén ya estaba cerrado. En la calle Belgrano tomé un taxímetro. Insomne, poseído, casi feliz, pensé que nada hay menos material que el dinero, ya que cualquier moneda (una moneda de veinte centavos, digamos) es, en rigor, un repertorio de futuros posibles. El dinero es abstracto, repetí, el dinero es tiempo futuro. Puede ser una tarde en las afueras, puede ser música de Brahms, puede ser mapas, puede ser ajedrez, puede ser café, puede ser las palabras de Epicteto, que enseñan el desprecio del oro; es un Proteo más versátil que el de la isla de Pharos. Es tiempo imprevisible, tiempo de Bergson, no duro tiempo del Islam o del Pórtico. Los deterministas niegan que haya en el mundo un solo hecho posible, *id est* un hecho que pudo acontecer; una moneda simboliza nuestro libre albedrío. (No sospechaba yo que esos "pensamientos" eran un artificio contra el Zahir y una primera forma de su demoníaco influjo.) Dormí tras de tenaces cavilaciones, pero soñé que yo era las monedas que custodiaba un grifo.

Al otro día resolví que yo había estado ebrio. También resolví librarme de la moneda que tanto me inquietaba. La miré: nada tenía de particular, salvo unas rayaduras. Enterrarla en el jardín o esconderla en un rincón de la biblioteca hubiera sido lo mejor, pero yo quería alejarme de su órbita. Preferí perderla. No fui al Pilar, esa mañana, ni al cementerio; fui, en subterráneo, a Constitución y de Constitución a San Juan y Boedo. Bajé, impensadamente, en Urquiza; me dirigí al oeste y al sur; barajé, con desorden estudioso, unas cuantas esquinas y en una calle que me pareció igual a todas, entré en un boliche cualquiera, pedí una caña y la pagué con el Zahir. Entrecerré los ojos, detrás de los cristales ahumados; logré no ver los números de las casas ni el nombre de la calle. Esa noche, tomé una pastilla de veronal y dormí tranquilo.

Hasta fines de junio me distrajo la tarea de componer un relato fantástico. Éste encierra dos o tres perífrasis enigmáticas —en lugar de *sangre* pone *agua de la espada*;

en lugar de *oro*, *lecho de la serpiente*— y está escrito en primera persona. El narrador es un asceta que ha renunciado al trato de los hombres y vive en una suerte de páramo. (Gnitaheidr es el nombre de ese lugar.) Dado el candor y la sencillez de su vida, hay quienes lo juzgan un ángel; ello es una piadosa exageración, porque no hay hombre que esté libre de culpa. Sin ir más lejos, él mismo ha degollado a su padre; bien es verdad que éste era un famoso hechicero que se había apoderado, por artes mágicas, de un tesoro infinito. Resguardar el tesoro de la insana codicia de los humanos es la misión a la que ha dedicado toda su vida; día y noche vela sobre él. Pronto, quizá demasiado pronto, esa vigilia tendrá fin: las estrellas le han dicho que ya se ha forjado la espada que la tronchará para siempre. (Gram es el nombre de esa espada.) En un estilo cada vez más tortuoso, pondera el brillo y la flexibilidad de su cuerpo; en algún párrafo habla distraídamente de escamas; en otro dice que el tesoro que guarda es de oro fulgurante y de anillos rojos. Al final entendemos que el asceta es la serpiente Fafnir y el tesoro en que yace, el de los Nibelungos. La aparición de Sigurd corta bruscamente la historia.

He dicho que la ejecución de esa fruslería (en cuyo decurso intercalé, seudoeruditamente, algún verso de la *Fáfnismál*) me permitió olvidar la moneda. Noches hubo en que me creí tan seguro de poder olvidarla que voluntariamente la recordaba. Lo cierto es que abusé de esos ratos; darles principio resultaba más fácil que darles fin. En vano repetí que ese abominable disco de níquel no difería de los otros que pasan de una mano a otra mano, iguales, infinitos e inofensivos. Impulsado por esa reflexión, procuré pensar en otra moneda, pero no pude. También recuerdo algún experimento, frustrado, con cinco y diez centavos chilenos y con un vintén oriental. El 16 de julio adquirí una libra esterlina; no la miré durante el día, pero esa noche (y otras) la puse bajo un vidrio de aumento y la estudié a la luz de una poderosa lámpara eléctrica. Después la dibujé con un lápiz, a través de un papel. De nada me valieron el fulgor y el dragón y el San Jorge; no logré cambiar de idea fija.

El mes de agosto, opté por consultar a un psiquiatra. No le confié toda mi ridícula historia; le dije que el insomnio me atormentaba y que la imagen de un objeto cualquiera solía perseguirme; la de una ficha o la de una moneda, digamos... Poco después, exhumé en una librería de la calle Sarmiento un ejemplar de *Urkunden zur Geschichte der Zahirsage* (Breslau, 1899) de Julius Barlach.

En aquel libro estaba declarado mi mal. Según el prólogo, el autor se propuso "reunir en un solo volumen en manuable octavo mayor todos los documentos que se refieren a la superstición del Zahir, incluso cuatro piezas pertenecientes al archivo de Habicht y el manuscrito original del informe de Philip Meadows Taylor". La creencia en el Zahir es islámica y data, al parecer, del siglo XVIII. (Barlach impugna los pasajes que Zotenberg atribuye a Abulfeda.) *Zahir*, en árabe, quiere decir notorio, visible; en tal sentido, es uno de los noventa y nueve nombres de Dios; la plebe, en tierras musulmanas, lo dice de "los seres o cosas que tienen la terrible virtud de ser inolvidables y cuya imagen acaba por enloquecer a la gente". El primer testimonio incontrovertido es el del persa Lutf Alí Azur. En las puntuales páginas de la enciclopedia biográfica titulada *Templo del Fuego*, ese polígrafo y derviche ha narrado que en un colegio de Shiraz hubo un astrolabio de cobre, "construido de tal suerte que quien lo miraba una vez no pensaba en otra cosa y así el rey ordenó que lo arrojaran a lo más profundo del mar, para que los hombres no se olvidaran del universo". Más dilatado es el informe de Meadows Taylor, que sirvió al nizam de Haidarabad y compuso la famosa novela *Confessions of a Thug*. Hacia 1832, Taylor oyó en los arrabales de Bhuj la desacostumbrada locución "Haber visto al Tigre" (*Verily he has looked on the Tiger*) para significar la locura o la santidad. Le dijeron que la referencia era a un tigre mágico, que fue la perdición de cuantos lo vieron, aun de muy lejos, pues todos continuaron pensando en él, hasta el fin de sus días. Alguien dijo que uno de esos desventurados había huido a Mysore, donde había pintado en un palacio la figura del tigre. Años después, Taylor visitó las cárceles de ese reino; en la de Nittur el gobernador le mostró una celda, en cuyo piso, en cuyos muros, y en cuya bóveda un faquir musulmán había diseñado (en bárbaros colores que el tiempo, antes de borrar, afinaba) una especie de tigre infinito. Ese tigre estaba hecho de muchos tigres, de vertiginosa manera; lo atravesaban tigres, estaba rayado de tigres, incluía mares e Himalayas y ejércitos que parecían otros tigres. El pintor había muerto hace muchos años, en esa misma celda; venía de Sind o acaso de Guzerat y su propósito inicial había sido trazar un mapamundi. De ese propósito quedaban vestigios en la monstruosa imagen. Taylor narró la historia a Muhammad Al-Yemení, de Fort William; éste le dijo que no había criatura en el orbe que no propendiera a *Zaheer*,[1] pero que el Todomisericordioso no deja que dos cosas lo sean a un tiempo, ya que una sola puede fascinar muchedumbres. Dijo que siempre hay un Zahir y que en la Edad de la Ignorancia fue el ídolo que se llamó Yaúq y después un profeta del Jorasán, que usaba un velo recamado de piedras o una máscara de oro.[2] También dijo que Dios es inescrutable.

Muchas veces leí la monografía de Barlach. No desentraño cuáles fueron mis sentimientos; recuerdo la desesperación cuando comprendí que ya nada me salvaría, el intrínseco alivio de saber que yo no era culpable de mi desdicha, la envidia que me dieron aquellos hombres cuyo Zahir no fue una moneda sino un trozo de mármol o un tigre. Qué empresa fácil no pensar en un tigre, reflexioné. También recuerdo la inquietud singular con que leí este párrafo: "Un comentador del *Gulshan i Raz* dice que quien ha visto al Zahir pronto verá la Rosa y alega un verso interpolado en el *Asrar Nama* (Libro de cosas que se ignoran) de Attar: el Zahir es la sombra de la Rosa y la rasgadura del Velo".

La noche que velaron a Teodelina, me sorprendió no ver entre los presentes a la señora de Abascal, su hermana menor. En octubre, una amiga suya me dijo:

—Pobre Julita, se había puesto rarísima y la internaron en el Bosch. Cómo las postrará a las enfermeras que le dan

1. Así escribe Taylor esa palabra.

2. Barlach observa que Yaúq figura en el *Corán* (71, 23) y que el profeta es Al-Moqanna (El Velado) y que nadie, fuera del sorprendente corresponsal de Philip Meadows Taylor, los ha vinculado al Zahir.

de comer en la boca. Sigue dele temando con la moneda, idéntica al *chauffeur* de Morena Sackmann.

El tiempo, que atenúa los recuerdos, agrava el del Zahir. Antes yo me figuraba el anverso y después el reverso; ahora, veo simultáneamente los dos. Ello no ocurre como si fuera de cristal el Zahir, pues una cara no se superpone a la otra; más bien ocurre como si la visión fuera esférica y el Zahir campeara en el centro. Lo que no es el Zahir me llega tamizado y como lejano: la desdeñosa imagen de Teodelina, el dolor físico. Dijo Tennyson que si pudiéramos comprender una sola flor sabríamos quiénes somos y qué es el mundo. Tal vez quiso decir que no hay hecho, por humilde que sea, que no implique la historia universal y su infinita concatenación de efectos y causas. Tal vez quiso decir que el mundo visible se da entero en cada representación, de igual manera que la voluntad, según Schopenhauer, se da entera en cada sujeto. Los cabalistas entendieron que el hombre es un microcosmo, un simbólico espejo del universo; todo, según Tennyson, lo sería. Todo, hasta el intolerable Zahir.

Antes de 1948, el destino de Julia me habrá alcanzado. Tendrán que alimentarme y vestirme, no sabré si es de tarde o de mañana, no sabré quién fue Borges. Calificar de terrible ese porvenir es una falacia, ya que ninguna de sus circunstancias obrará para mí. Tanto valdría mantener que es terrible el dolor de un anestesiado a quien le abren el cráneo. Ya no percibiré el universo, percibiré el Zahir. Según la doctrina idealista, los verbos *vivir* y *soñar* son rigurosamente sinónimos; de miles de apariencias pasaré a una; de un sueño muy complejo a un sueño muy simple. Otros soñarán que estoy loco y yo con el Zahir. Cuando todos los hombres de la tierra piensen, día y noche, en el Zahir, ¿cuál será un sueño y cuál una realidad, la tierra o el Zahir?

En las horas desiertas de la noche aún puedo caminar por las calles. El alba suele sorprenderme en un banco de la plaza Garay, pensando (procurando pensar) en aquel pasaje del *Asrar Nama*, donde se dice que el Zahir es la sombra de la Rosa y la rasgadura del Velo. Vinculo ese dictamen a esta noticia: Para perderse en Dios, los sufíes repiten su propio nombre o los noventa y nueve nombres divinos hasta que éstos ya nada quieren decir. Yo anhelo recorrer esa senda. Quizá yo acabe por gastar el Zahir a fuerza de pensarlo y de repensarlo; quizá detrás de la moneda esté Dios.

A Wally Zenner

La escritura del dios

La cárcel es profunda y de piedra; su forma, la de un hemisferio casi perfecto, si bien el piso (que también es de piedra) es algo menor que un círculo máximo, hecho que agrava de algún modo los sentimientos de opresión y de vastedad. Un muro medianero la corta; éste, aunque altísimo, no toca la parte superior de la bóveda; de un lado estoy yo, Tzinacán, mago de la pirámide de Qaholom, que Pedro de Alvarado incendió; del otro hay un jaguar, que mide con secretos pasos iguales el tiempo y el espacio del cautiverio. A ras del suelo, una larga ventana con barrotes corta el muro central. En la hora sin sombra [el mediodía], se abre una trampa en lo alto y un carcelero que han ido borrando los años maniobra una roldana de hierro, y nos baja, en la punta de un cordel, cántaros con agua y trozos de carne. La luz entra en la bóveda; en ese instante puedo ver al jaguar.

He perdido la cifra de los años que yazgo en la tiniebla; yo, que alguna vez era joven y podía caminar por esta prisión, no hago otra cosa que aguardar, en la postura de mi muerte, el fin que me destinan los dioses. Con el hondo cuchillo de pedernal he abierto el pecho de las víctimas y ahora no podría, sin magia, levantarme del polvo.

La víspera del incendio de la Pirámide, los hombres que bajaron de altos caballos me castigaron con metales ardientes para que revelara el lugar de un tesoro escondido. Abatieron, delante de mis ojos, el ídolo del dios, pero éste no me abandonó y me mantuve silencioso entre los tormentos. Me laceraron, me rompieron, me deformaron y luego desperté en esta cárcel, que ya no dejaré en mi vida mortal.

Urgido por la fatalidad de hacer algo, de poblar de algún modo el tiempo, quise recordar, en mi sombra, todo lo que sabía. Noches enteras malgasté en recordar el orden y el número de unas sierpes de piedra o la forma de un árbol medicinal. Así fui debelando los años, así fui entrando en posesión de lo que ya era mío. Una noche sentí que me acercaba a un recuerdo preciso; antes de ver el mar, el viajero siente una agitación en la sangre. Horas después, empecé a avistar el recuerdo; era una de las tradiciones del dios. Éste, previendo que en el fin de los tiempos ocurrirían muchas desventuras y ruinas, escribió el primer día de la Creación una sentencia mágica, apta para conjurar esos males. La escribió de manera que llegara a las más apartadas generaciones y que no la tocara el azar. Nadie sabe en qué punto la escribió ni con qué caracteres, pero nos consta que perdura, secreta, y que la leerá un elegido. Consideré que estábamos, como siempre, en el fin de los tiempos y que mi destino de último sacerdote del dios me daría acceso al privilegio de intuir esa escritura. El hecho de que me rodeara una cárcel no me vedaba esa esperanza; acaso yo había visto miles de veces la inscripción de Qaholom y sólo me faltaba entenderla.

Esta reflexión me animó y luego me infundió una especie de vértigo. En el ámbito de la tierra hay formas antiguas, formas incorruptibles y eternas; cualquiera de ellas podía ser el símbolo buscado. Una montaña podía ser la palabra del dios, o un río o el imperio o la configuración de los astros. Pero en el curso de los siglos las montañas se allanan y el camino de un río suele desviarse y los imperios conocen mutaciones y estragos y la figura de los astros varía. En el firmamento hay mudanza. La montaña y la estrella son individuos y los individuos caducan. Busqué algo más tenaz, más invulnerable. Pensé en las generaciones de los cereales, de los pastos, de los pájaros, de los hombres. Quizá en mi cara estuviera escrita la magia, quizá yo mismo fuera el fin de mi busca. En ese afán estaba cuando recordé que el jaguar era uno de los atributos del dios.

Entonces mi alma se llenó de piedad. Imaginé la primera mañana del tiempo, imaginé a mi dios confiando el mensaje a la piel viva de los jaguares, que se amarían y se engendrarían sin fin, en cavernas, en cañaverales, en islas, para que los últimos hombres lo recibieran. Imaginé esa red de tigres, ese caliente laberinto de tigres, dando horror a los prados y a los rebaños para conservar un dibujo. En la otra celda había un jaguar; en su vecindad percibí una confirmación de mi conjetura y un secreto favor.

Dediqué largos años a aprender el orden y la configuración de las manchas. Cada ciega jornada me concedía un instante de luz, y así pude fijar en la mente las negras formas que tachaban el pelaje amarillo. Algunas incluían puntos; otras formaban rayas transversales en la cara interior de las piernas; otras, anulares, se repetían. Acaso eran un mismo sonido o una misma palabra. Muchas tenían bordes rojos.

No diré las fatigas de mi labor. Más de una vez grité a la bóveda que era imposible descifrar aquel texto. Gradualmente, el enigma concreto que me atareaba me inquietó menos que el enigma genérico de una sentencia escrita por un dios. ¿Qué tipo de sentencia (me pregunté) construirá una mente absoluta? Consideré que aun en los lenguajes humanos no hay proposición que no implique el universo entero; decir *el tigre* es decir los tigres que lo engendraron, los ciervos y tortugas que devoró, el pasto de que se alimentaron los ciervos, la tierra que fue madre del pasto, el cielo que dio luz a la tierra. Consideré que en el lenguaje de un dios toda palabra enunciaría esa infinita concatenación de los hechos, y no de un modo implícito, sino explícito, y no de un modo progresivo, sino inmediato. Con el tiempo, la noción de una sentencia divina parecióme pueril o blasfematoria. Un dios, reflexioné, sólo debe decir una palabra y en esa palabra la plenitud. Ninguna voz articulada por él puede ser inferior al universo o menos que la suma del tiempo. Sombras o simulacros de esa voz que equivale a un lenguaje y a cuanto puede comprender un lenguaje son las ambiciones y pobres voces humanas, *todo*, *mundo*, *universo*.

Un día o una noche —entre mis días y mis noches, ¿qué diferencia cabe?— soñé que en el piso de la cárcel había un grano de arena. Volví a dormir, indiferente; soñé que despertaba y que había dos granos de arena. Volví a dormir; soñé que los granos de arena eran tres. Fueron, así, multiplicándose hasta colmar la cárcel y yo moría bajo ese hemisferio de arena. Comprendí que estaba soñando; con un vasto esfuerzo me desperté. El despertar fue inútil; la innumerable arena me sofocaba. Alguien me dijo: "No has despertado a la vigilia, sino a un sueño anterior. Ese sueño está dentro de otro, y así hasta lo infinito, que es el número de los granos de arena. El camino que habrás de desandar es interminable y morirás antes de haber despertado realmente".

Me sentí perdido. La arena me rompía la boca, pero grité: "Ni una arena soñada puede matarme ni hay sueños que estén dentro de sueños". Un resplandor me despertó. En la tiniebla superior se cernía un círculo de luz. Vi la cara y las manos del carcelero, la roldana, el cordel, la carne y los cántaros.

Un hombre se confunde, gradualmente, con la firma de su destino; un hombre es, a la larga, sus circunstancias. Más que un descifrador o un vengador, más que un sacerdote del dios, yo era un encarcelado. Del incansable laberinto de sueños yo regresé como a mi casa a la dura prisión. Bendije la humedad, bendije su tigre, bendije el agujero de luz, bendije mi viejo cuerpo doliente, bendije la tiniebla y la piedra.

Entonces ocurrió lo que no puedo olvidar ni comunicar. Ocurrió la unión con la divinidad, con el universo (no sé si estas palabras difieren). El éxtasis no repite sus símbolos; hay quien ha visto a Dios en un resplandor, hay quien lo ha percibido en una espada o en los círculos de una rosa. Yo vi una Rueda altísima, que no estaba delante de mis ojos, ni detrás, ni a los lados, sino en todas partes, a un tiempo. Esa Rueda estaba hecha de agua, pero también de fuego, y era (aunque se veía el borde) infinita. Entretejidas, la formaban todas las cosas que serán, que son y que fueron, y yo era una de las hebras de esa trama total, y Pedro de Alvarado, que me dio tormento, era otra. Ahí estaban las causas y los efectos y me bastaba ver esa Rueda para entenderlo todo, sin fin. ¡Oh dicha de entender, mayor que la de imaginar o la de sentir! Vi el universo y vi los íntimos designios del universo. Vi los orígenes que narra el Libro del Común. Vi las montañas que surgieron del agua, vi los primeros hombres de palo, vi las tinajas que se volvieron contra los hombres, vi los perros que les destrozaron las caras. Vi el dios sin cara que hay detrás de los dioses. Vi infinitos procesos que formaban una sola felicidad y, entendiéndolo todo, alcancé también a entender la escritura del tigre.

Es una fórmula de catorce palabras casuales (que parecen casuales) y me bastaría decirla en voz alta para ser todopoderoso. Me bastaría decirla para abolir esta cárcel de piedra, para que el día entrara en mi noche, para ser joven, para ser inmortal, para que el tigre destrozara a Alvarado, para sumir el santo cuchillo en pechos españoles, para reconstruir la pirámide, para reconstruir el imperio. Cuarenta sílabas, catorce palabras, y yo, Tzinacán, regiría las tierras que rigió Moctezuma. Pero yo sé que nunca diré esas palabras, porque ya no me acuerdo de Tzinacán.

Que muera conmigo el misterio que está escrito en los tigres. Quien ha entrevisto el universo, quien ha entrevisto los ardientes designios del universo, no puede pensar en un hombre, en sus triviales dichas o desventuras, aunque ese hombre sea él. Ese hombre *ha sido él* y ahora no le importa. Qué le importa la suerte de aquel otro, qué le importa la nación de aquel otro, si él, ahora es nadie. Por eso no pronuncio la fórmula, por eso dejo que me olviden los días, acostado en la oscuridad.

A Ema Risso Platero

Abenjacán el Bojarí, muerto en su laberinto

...son comparables a la araña, que edifica una casa.

Alcorán, XXIX, 40

—Ésta —dijo Dunraven con un vasto ademán que no rehusaba las nubladas estrellas y que abarcaba el negro páramo, el mar y un edificio majestuoso y decrépito que parecía una caballeriza venida a menos— es la tierra de mis mayores.

Unwin, su compañero, se sacó la pipa de la boca y emitió sonidos modestos y aprobatorios. Era la primera tarde del verano de 1914; hartos de un mundo sin la dignidad del peligro, los amigos apreciaban la soledad de ese confín de Cornwall. Dunraven fomentaba una barba oscura y se sabía autor de una considerable epopeya que sus contemporáneos casi no podrían escandir y cuyo tema no le había sido aún revelado; Unwin había publicado un estudio sobre el teorema que Fermat no escribió al margen de una página de Diofanto. Ambos —¿será preciso que lo diga?— eran jóvenes, distraídos y apasionados.

—Hará un cuarto de siglo —dijo Dunraven— que Abenjacán el Bojarí, caudillo o rey de no sé qué tribu nilótica, murió en la cámara central de esa casa a manos de su primo Zaid. Al cabo de los años, las circunstancias de su muerte siguen oscuras.

Unwin preguntó por qué, dócilmente.

—Por diversas razones —fue la respuesta—. En primer lugar, esa casa es un laberinto. En segundo lugar, la vigilaban un esclavo y un león. En tercer lugar, se desvaneció un tesoro secreto. En cuarto lugar, el asesino estaba muerto cuando el asesinato ocurrió. En quinto lugar...

Unwin, cansado, lo detuvo.

—No multipliques los misterios —le dijo—. Éstos deben ser simples. Recuerda la carta robada de Poe, recuerda el cuarto cerrado de Zangwill.

—O complejos —replicó Dunraven—. Recuerda el universo.

Repechando colinas arenosas, habían llegado al laberinto. Éste, de cerca, les pareció una derecha y casi interminable pared, de ladrillos sin revocar, apenas más alta que un hombre. Dunraven dijo que tenía la forma de un círculo, pero tan dilatada era su área que no se percibía la curvatura. Unwin recordó a Nicolás de Cusa, para quien toda línea recta es el arco de un círculo infinito... Hacia la medianoche descubrieron una ruinosa puerta, que daba a un ciego y arriesgado zaguán. Dunraven dijo que en el interior de la casa había muchas encrucijadas, pero que, doblando siempre a la izquierda, llegarían en poco más de una hora al centro de la red. Unwin asintió. Los pasos cautelosos resonaron en el suelo de piedra; el corredor se bifurcó en otros más angostos. La casa parecía querer ahogarlos, el techo era muy bajo. Debieron avanzar uno tras otro por la complicada tiniebla. Unwin iba adelante. Entorpecido de asperezas y de ángulos, fluía sin fin contra su mano el invisible muro. Unwin, lento en la sombra, oyó de boca de su amigo la historia de la muerte de Abenjacán.

—Acaso el más antiguo de mis recuerdos —contó Dunraven— es el de Abenjacán el Bojarí en el puerto de Pentreath. Lo seguía un hombre negro con un león; sin duda el primer negro y el primer león que miraron mis ojos, fuera de los grabados de la Escritura. Entonces yo era niño, pero la fiera del color del sol y el hombre del color de la noche me impresionaron menos que Abenjacán. Me pareció muy alto; era un hombre de piel cetrina, de entrecerrados ojos negros, de insolente nariz, de carnosos labios, de barba azafranada, de pecho fuerte, de andar seguro y silencioso. En casa dije: "Ha venido un rey en un buque". Después, cuando trabajaron los albañiles, amplié ese título y le puse el Rey de Babel.

La noticia de que el forastero se fijaría en Pentreath fue recibida con agrado; la extensión y la forma de su casa, con estupor y aun con escándalo. Pareció intolerable que una casa constara de una sola habitación y de leguas y leguas de corredores. "Entre los moros se usarán tales casas, pero no entre cristianos", decía la gente. Nuestro rector, el señor Allaby, hombre de curiosa lectura, exhumó la historia de un rey a quien la Divinidad castigó por haber erigido un laberinto y la divulgó desde el púlpito. El lunes, Abenjacán visitó la rectoría; las circunstancias de la breve entrevista no se conocieron entonces, pero ningún sermón ulterior aludió a la soberbia, y el moro pudo contratar albañiles. Años después, cuando pereció Abenjacán, Allaby declaró a las autoridades la substancia del diálogo.

Abenjacán le dijo, de pie, estas o parecidas palabras: "Ya nadie puede censurar lo que yo hago. Las culpas que me infaman son tales que aunque yo repitiera durante siglos el Último Nombre de Dios, ello no bastaría a mitigar uno solo de mis tormentos; las culpas que me infaman son tales que aunque yo lo matara con estas manos, ello no agravaría los tormentos que me destina la infinita Justicia. En tierra alguna es desconocido mi nombre; soy Abenjacán el Bojarí y he regido las tribus del desierto con un cetro de hierro. Durante muchos años las despojé, con asistencia de mi primo Zaid, pero Dios oyó su clamor y sufrió que se rebelaran. Mis gentes fueron rotas y acuchilladas; yo alcancé a huir con el tesoro recaudado en mis años de expoliación. Zaid me guió al sepulcro de un santo, al pie de una montaña de piedra. Le ordené a mi esclavo que vigilara la cara del desierto; Zaid y yo dormimos, rendidos. Esa noche creí que me aprisionaba una red de serpientes. Desperté con horror; a mi lado, en el alba, dormía Zaid; el roce de una telaraña en mi carne me había hecho soñar aquel sueño. Me dolió que Zaid, que era cobarde, durmiera con tanto reposo. Consideré que el tesoro no era infinito y que él podía reclamar una parte. En mi cinto estaba la daga con empuñadura de plata; la desnudé y le atravesé la garganta. En su agonía balbuceó unas palabras que no pude entender. Lo miré; estaba muerto, pero yo temí que se levantara y le ordené al esclavo que le deshiciera la cara con una roca. Después erramos bajo el cielo y un día divisamos un mar. Lo surcaban buques muy altos; pensé que un muerto no podría andar por el agua y decidí buscar otras tierras. La primera noche que navegamos soñé que yo mataba a Zaid. Todo se repitió pero yo entendí sus palabras. Decía: 'Como ahora me borras te borraré, dondequiera que estés'. He jurado frustrar esa amenaza; me ocultaré en el centro de un laberinto para que su fantasma se pierda".

Dicho lo cual, se fue. Allaby trató de pensar que el moro estaba loco y que el absurdo laberinto era un símbolo y un claro testimonio de su locura. Luego reflexionó que esa explicación condecía con el extravagante edificio y con el extravagante relato, no con la enérgica impresión que dejaba el hombre Abenjacán. Quizá tales historias fueran comunes en los arenales egipcios, quizá tales rarezas correspondieran (como los dragones de Plinio) menos a una persona que a una cultura... Allaby, en Londres, revisó números atrasados del *Times*; comprobó la verdad de la rebelión y de una subsiguiente derrota del Bojarí y de su visir, que tenía fama de cobarde.

Aquél, apenas concluyeron los albañiles, se instaló en el centro del laberinto. No lo vieron más en el pueblo; a veces Allaby temió que Zaid ya lo hubiera alcanzado y aniquilado. En las noches el viento nos traía el rugido del león, y las ovejas del redil se apretaban con un antiguo miedo.

Solían anclar en la pequeña bahía, rumbo a Cardiff o a Bristol, naves de puertos orientales. El esclavo descendía del laberinto (que entonces, lo recuerdo, no era rosado, sino de color carmesí) y cambiaba palabras africanas con las tripulaciones y parecía buscar entre los hombres el fantasma del visir. Era fama que tales embarcaciones traían contrabando, y si de alcoholes o marfiles prohibidos, ¿por qué no, también, de sombras de muertos?

A los tres años de erigida la casa, ancló al pie de los cerros el *Rose of Sharon*. No fui de los que vieron ese velero y tal vez en la imagen que tengo de él influyen olvidadas litografías de Aboukir o de Trafalgar, pero entiendo que era de esos barcos muy trabajados que no parecen obra de naviero, sino de carpintero y menos de carpintero que de ebanista. Era (si no en la realidad, en mis sueños) bruñido, oscuro, silencioso y veloz, y lo tripulaban árabes y malayos.

Ancló en el alba de uno de los días de octubre. Hacia el atardecer, Abenjacán irrumpió en casa de Allaby. Lo dominaba la pasión del terror; apenas pudo articular que Zaid ya había entrado en el laberinto y que su esclavo y su león habían perecido. Seriamente preguntó si las autoridades podrían ampararlo. Antes que Allaby respondiera, se fue, como si lo arrebatara el mismo terror que lo había traído a esa casa, por segunda y última vez. Allaby, solo en su biblioteca, pensó con estupor que ese temeroso había oprimido en el Sudán a tribus de hierro y sabía qué cosa es una batalla y qué cosa es matar. Advirtió, al otro día, que ya había zarpado el velero (rumbo a Suakin en el Mar Rojo, se averiguó después). Reflexionó que su deber era comprobar la muerte del esclavo y se dirigió al laberinto. El jadeante relato del Bojarí le pareció fantástico, pero en un recodo de las galerías dio con el león, y el león estaba muerto, y en otro, con el esclavo, que estaba muerto, y en la cámara central con el Bojarí, a quien le habían destrozado la cara. A los pies del hombre había un arca taraceada de nácar; alguien había forzado la cerradura y no quedaba ni una sola moneda.

Los períodos finales, agravados de pausas oratorias, querían ser elocuentes; Unwin adivinó que Dunraven los había emitido muchas veces, con idéntico aplomo y con idéntica ineficacia. Preguntó, para simular interés:

—¿Cómo murieron el león y el esclavo?

La incorregible voz contestó con sombría satisfacción:

—También les habían destrozado la cara.

Al ruido de los pasos se agregó el ruido de la lluvia. Unwin pensó que tendrían que dormir en el laberinto, en la cámara central del relato, y que en el recuerdo esa larga incomodidad sería una aventura. Guardó silencio; Dunraven no pudo contenerse y le preguntó, como quien no perdona una deuda:

—¿No es inexplicable esta historia?

Unwin le respondió, como si pensara en voz alta:

—No sé si es explicable o inexplicable. Sé que es mentira.

Dunraven prorrumpió en malas palabras e invocó el testimonio del hijo mayor del rector (Allaby, parece, había muerto) y de todos los vecinos de Pentreath. No menos atónito que Dunraven, Unwin se disculpó. El tiempo, en la oscuridad, parecía más largo, los dos temieron haber extraviado el camino y estaban muy cansados cuando una tenue claridad superior les mostró los peldaños iniciales de una angosta escalera. Subieron y llegaron a una ruinosa habitación redonda. Dos signos perduraban del temor del malhadado rey: una estrecha ventana que dominaba los páramos y el mar y en el suelo una trampa que se abría sobre la curva de la escalera. La habitación, aunque espaciosa, tenía mucho de celda carcelaria.

Menos instados por la lluvia que por el afán de vivir para la rememoración y la anécdota, los amigos hicieron noche en el laberinto. El matemático durmió con tranquilidad; no así el poeta, acosado por versos que su razón juzgaba detestables:

Faceless the sultry and overpowering lion,
Faceless the stricken slave, faceless the king.

Unwin creía que no le había interesado la historia de la muerte del Bojarí, pero se despertó con la convicción de haberla descifrado. Todo aquel día estuvo preocupado y huraño, ajustando y reajustando las piezas, y dos noches después, citó a Dunraven en una cervecería de Londres y le dijo estas o parecidas palabras:

—En Cornwall dije que era mentira la historia que te oí. Los *hechos* eran ciertos, o podían serlo, pero contados como tú los contaste, eran, de un modo manifiesto, mentiras. Empezaré por la mayor mentira de todas, por el laberinto increíble. Un fugitivo no se oculta en un laberinto. No erige un laberinto sobre un alto lugar de la costa, un laberinto carmesí que avistan desde lejos los marineros. No precisa erigir un laberinto, cuando el universo ya lo es. Para quien verdaderamente quiere ocultarse, Londres es mejor laberinto que un mirador al que conducen todos los corredores de un edificio. La sabia reflexión que ahora te someto me fue deparada antenoche, mientras oíamos llover sobre el laberinto y esperábamos que el sueño nos visitara; amonestado y mejorado por ella, opté por olvidar tus absurdidades y pensar en algo sensato.

—En la teoría de los conjuntos, digamos, o en una cuarta dimensión del espacio —observó Dunraven.

—No —dijo Unwin con seriedad—. Pensé en el laberinto de Creta. El laberinto cuyo centro era un hombre con cabeza de toro.

Dunraven, versado en obras policiales, pensó que la solución del misterio siempre es inferior al misterio. El misterio participa de lo sobrenatural y aun de lo divino; la solución, del juego de manos. Dijo, para aplazar lo inevitable:

—Cabeza de toro tiene en medallas y esculturas el minotauro. Dante lo imaginó con cuerpo de toro y cabeza de hombre.

—También esa versión me conviene —Unwin asintió—. Lo que importa es la correspondencia de la casa monstruosa con el habitante monstruoso. El minotauro justifica con creces la existencia del laberinto. Nadie dirá lo mismo de una amenaza percibida en un sueño. Evocada la imagen del minotauro (evocación fatal en un caso en que hay un laberinto), el problema, virtualmente, estaba resuelto. Sin embargo, confieso que no entendí que esa antigua imagen era la clave y así fue necesario que tu relato me suministrara un símbolo más preciso: la telaraña.

—¿La telaraña? —repitió, perplejo, Dunraven.

—Sí. Nada me asombraría que la telaraña (la forma universal de la telaraña, entendamos bien, la telaraña de Platón) hubiera sugerido al asesino (porque hay un asesino) su crimen. Recordarás que el Bojarí, en una tumba, soñó con una red de serpientes y que al despertar descubrió que una telaraña le había sugerido aquel sueño. Volvamos a esa noche en que el Bojarí soñó con una red. El rey vencido y el visir y el esclavo huyen por el desierto con un tesoro. Se refugian en una tumba. Duerme el visir, de quien sabemos que es un cobarde; no duerme el rey, de quien sabemos que es un valiente. El rey, para no compartir el tesoro con el visir, lo mata de una cuchillada; su sombra lo amenaza en un sueño, noches después. Todo esto es increíble; yo entiendo que los hechos ocurrieron de otra manera. Esa noche durmió el rey, el valiente, y veló Zaid, el cobarde. Dormir es distraerse del universo, y la distracción es difícil para quien sabe que lo persiguen con espadas desnudas. Zaid, ávido, se inclinó sobre el sueño de su rey. Pensó en matarlo (quizá jugó con el puñal), pero no se atrevió. Llamó al esclavo, ocultaron parte del tesoro en la tumba, huyeron a Suakin y a Inglaterra. No para ocultarse del Bojarí, sino para atraerlo y matarlo construyó a la vista del mar el alto laberinto de muros rojos. Sabía que las naves llevarían a los puertos de Nubia la fama del hombre bermejo, del esclavo y del león, y que, tarde o temprano, el Bojarí lo vendría a buscar en su laberinto. En el último corredor de la red esperaba la trampa. El Bojarí lo despreciaba infinitamente; no se rebajaría a tomar la menor precaución. El día codiciado llegó; Abenjacán desembarcó en Inglaterra, caminó hasta la puerta del laberinto, barajó los ciegos corredores y ya había pisado, tal vez, los primeros peldaños cuando su visir lo mató, no sé si de un balazo, desde la trampa. El esclavo mataría al león y otro balazo mataría al esclavo. Luego Zaid deshizo las tres caras con una piedra. Tuvo que obrar así; un solo muerto con la cara deshecha hubiera sugerido un problema de identidad, pero la fiera, el negro y el rey formaban una serie y, dados los dos términos iniciales, todos postularían el último. No es raro que lo dominara el temor cuando habló con Allaby; acababa de ejecutar la horrible faena y se disponía a huir de Inglaterra para recuperar el tesoro.

Un silencio pensativo, o incrédulo, siguió a las palabras de Unwin. Dunraven pidió otro jarro de cerveza negra antes de opinar.

—Acepto —dijo— que mi Abenjacán sea Zaid. Tales metamorfosis, me dirás, son clásicos artificios del género, son verdaderas *convenciones* cuya observación exige el lector. Lo que me resisto a admitir es la conjetura de que una porción del tesoro quedara en el Sudán. Recuerda que Zaid huía del rey y de los enemigos del rey; más fácil es imaginarlo robándose todo el tesoro que demorándose a enterrar una parte. Quizá no se encontraron monedas porque no quedaban monedas; los albañiles habrían agotado un caudal que, a diferencia del oro rojo de los Nibelungos, no era infinito. Tendríamos así a Abenjacán atravesando el mar para reclamar un tesoro dilapidado.

—Dilapidado, no —dijo Unwin—. Invertido en armar en tierra de infieles una gran trampa circular de ladrillo destinada a apresarlo y aniquilarlo. Zaid, si tu conjetura es correcta, procedió urgido por el odio y por el temor y no por la codicia. Robó el tesoro y luego comprendió que el tesoro no era lo esencial para él. Lo esencial era que Abenjacán pereciera. Simuló ser Abenjacán, mató a Abenjacán y finalmente *fue Abenjacán*.

—Sí —confirmó Dunraven—. Fue un vagabundo que, antes de ser nadie en la muerte, recordaría haber sido un rey o haber fingido ser un rey, algún día.

Los dos reyes y los dos laberintos[1]

1. Ésta es la historia que el rector divulgó desde el púlpito. Véase la página 157.

Cuentan los hombres dignos de fe (pero Alá sabe más) que en los primeros días hubo un rey de las islas de Babilonia que congregó a sus arquitectos y magos y les mandó construir un laberinto tan perplejo y sutil que los varones más prudentes no se aventuraban a entrar, y los que entraban se perdían. Esa obra era un escándalo, porque la confusión y la maravilla son operaciones propias de Dios y no de los hombres. Con el andar del tiempo vino a su corte un rey de los árabes, y el rey de Babilonia (para hacer burla de la simplicidad de su huésped) lo hizo penetrar en el laberinto, donde vagó afrentado y confundido hasta la declinación de la tarde. Entonces imploró socorro divino y dio con la puerta. Sus labios no profirieron queja ninguna, pero le dijo al rey de Babilonia que él en Arabia tenía otro laberinto y que, si Dios era servido, se lo daría a conocer algún día. Luego regresó a Arabia, juntó sus capitanes y sus alcaides y estragó los reinos de Babilonia con tan venturosa fortuna que derribó sus castillos, rompió sus gentes e hizo cautivo al mismo rey. Lo amarró encima de un camello veloz y lo llevó al desierto. Cabalgaron tres días, y le dijo: "¡Oh, rey del tiempo y substancia y cifra del siglo!, en Babilonia me quisiste perder en un laberinto de bronce con muchas escaleras, puertas y muros; ahora el Poderoso ha tenido a bien que te muestre el mío, donde no hay escaleras que subir, ni puertas que forzar, ni fatigosas galerías que recorrer, ni muros que te veden el paso".

Luego le desató las ligaduras y lo abandonó en mitad del desierto, donde murió de hambre y de sed. La gloria sea con Aquel que no muere.

La espera

El coche lo dejó en el 4004 de esa calle del Noroeste. No habían dado las nueve de la mañana; el hombre notó con aprobación los manchados plátanos, el cuadrado de tierra al pie de cada uno, las decentes casas de balconcito, la farmacia contigua, los desvaídos rombos de la pinturería y ferretería. Un largo y ciego paredón de hospital cerraba la acera de enfrente; el sol reverberaba, más lejos, en unos invernáculos. El hombre pensó que esas cosas (ahora arbitrarias y casuales y en cualquier orden, como las que se ven en los sueños) serían con el tiempo, si Dios quisiera, invariables, necesarias y familiares. En la vidriera de la farmacia se leía en letras de loza: Breslauer; los judíos estaban desplazando a los italianos, que habían desplazado a los criollos. Mejor así; el hombre prefería no alternar con gente de su sangre.

El cochero le ayudó a bajar el baúl; una mujer de aire distraído o cansado abrió por fin la puerta. Desde el pescante el cochero le devolvió una de las monedas, un vintén oriental que estaba en su bolsillo desde esa noche en el hotel de Melo. El hombre le entregó cuarenta centavos, y en el acto sintió: *Tengo la obligación de obrar de manera que todos se olviden de mí. He cometido dos errores: he dado una moneda de otro país y he dejado ver que me importa esa equivocación.*

Precedido por la mujer, atravesó el zaguán y el primer patio. La pieza que le habían reservado daba, felizmente, al segundo. La cama era de hierro, que el artífice había deformado en curvas fantásticas, figurando ramas y pámpanos; había, asimismo, un alto ropero de pino, una mesa de luz, un estante con libros a ras del suelo, dos sillas desparejas y un lavatorio con su palangana, su jarra, su jabonera y un botellón de vidrio turbio. Un mapa de la provincia de Buenos Aires y un crucifijo adornaban las paredes; el papel era carmesí, con grandes pavos reales repetidos, de cola desplegada. La única puerta daba al patio. Fue necesario variar la colocación de las sillas para dar cabida al baúl. Todo lo aprobó el inquilino; cuando la mujer le preguntó cómo se llamaba, dijo Villari, no como un desafío secreto, no para mitigar una humillación que, en verdad, no sentía, sino porque ese nombre lo trabajaba, porque le fue imposible pensar en otro. No lo sedujo, ciertamente, el error literario de imaginar que asumir el nombre del enemigo podía ser una astucia.

El señor Villari, al principio, no dejaba la casa; cumplidas unas cuantas semanas, dio en salir, un rato, al oscurecer. Alguna noche entró en el cinematógrafo que había a las tres cuadras. No pasó nunca de la última fila; siempre se levantaba un poco antes del fin de la función. Vio trágicas historias del hampa; éstas, sin duda, incluían errores; éstas sin duda, incluían imágenes que también lo eran de su vida anterior; Villari no los advirtió porque la idea de una coincidencia entre el arte y la realidad era ajena a él. Dócilmente trataba de que le gustaran las cosas; quería adelantarse a la intención con que se las mostraban. A diferencia de quienes han leído novelas, no se veía nunca a sí mismo como un personaje del arte.

No le llegó jamás una carta, ni siquiera una circular, pero leía con borrosa esperanza una de las secciones del diario. De tarde, arrimaba a la puerta una de las sillas y mateaba con seriedad, puestos los ojos en la enredadera del muro de la inmediata casa de altos. Años de soledad le habían enseñado que los días, en la memoria, tienden a ser iguales, pero que no hay un día, ni siquiera de cárcel o de hospital, que no traiga sorpresas. En otras reclusiones había cedido a la tentación de contar los días y las horas, pero esta reclusión era distinta, porque no tenía término —salvo que el diario, una mañana trajera la noticia de la muerte de Alejandro Villari. También era posible que Villari *ya hubiera muerto* y entonces esta vida era un sueño. Esa posibilidad lo inquietaba, porque no acabó de entender si se parecía al alivio o a la desdicha; se dijo que era absurda y la rechazó. En días lejanos, menos lejanos por el curso del tiempo que por dos o tres hechos irrevocables, había deseado muchas cosas, con amor sin escrúpulo; esa voluntad poderosa, que había movido el odio de los hombres y el amor de alguna mujer, ya no quería cosas particulares: sólo quería perdurar, no concluir. El sabor de la yerba, el sabor del tabaco negro, el creciente filo de sombra que iba ganando el patio, eran suficientes estímulos.

Había en la casa un perro lobo, ya viejo. Villari se amistó con él. Le hablaba en español, en italiano y en las pocas palabras que le quedaban del rústico dialecto de su niñez. Villari trataba de vivir en el mero presente, sin recuerdos ni previsiones; los primeros le importaban menos que las últimas. Oscuramente creyó intuir que el pasado es la sustancia de que el tiempo está hecho; por ello es que éste se vuelve pasado en seguida. Su fatiga, algún día, se pareció a la felicidad; en momentos así, no era mucho más complejo que el perro.

Una noche lo dejó asombrado y temblando una íntima descarga de dolor en el fondo de la boca. Ese horrible milagro recurrió a los pocos minutos y otra vez hacia el alba. Villari, al día siguiente, mandó buscar un coche que lo dejó en un consultorio dental del barrio del Once. Ahí le arrancaron la muela. En ese trance no estuvo más cobarde ni más tranquilo que otras personas.

Otra noche, al volver del cinematógrafo, sintió que lo empujaban. Con ira, con indignación, con secreto alivio, se encaró con el insolente. Le escupió una injuria soez; el otro, atónito, balbuceó una disculpa. Era un hombre alto, joven, de pelo oscuro, y lo acompañaba una mujer de tipo alemán; Villari, esa noche, se repitió que no los conocía. Sin embargo, cuatro o cinco días pasaron antes que saliera a la calle.

Entre los libros del estante había una *Divina Comedia*, con el viejo comentario de Andreoli. Menos urgido por la curiosidad que por un sentimiento de deber, Villari acometió la lectura de esa obra capital; antes de comer, leía un canto, y luego, en orden riguroso, las notas. No juzgó inverosímiles o excesivas las penas infernales y no pensó que Dante lo hubiera condenado al último círculo, donde los dientes de Ugolino roen sin fin la nuca de Ruggieri.

Los pavos reales del papel carmesí parecían destinados a alimentar pesadillas tenaces, pero el señor Villari no soñó nunca con una glorieta monstruosa hecha de inextricables pájaros vivos. En los amaneceres soñaba un sueño de fondo igual y de circunstancias variables. Dos hombres y Villari entraban con revólveres en la pieza o lo agredían al salir del cinematógrafo o eran, los tres a un tiempo, el desconocido que lo había empujado, o lo esperaban tristemente en el patio y parecían no conocerlo. Al fin del sueño, él sacaba el revólver del cajón de la inmediata mesa de luz (y es verdad que en ese cajón guardaba un revólver) y lo descargaba contra los hombres. El estruendo del arma lo despertaba, pero siempre era un sueño y en otro sueño el ataque se repetía y en otro sueño tenía que volver a matarlos.

Una turbia mañana del mes de julio, la presencia de gente desconocida (no el ruido de la puerta cuando la abrieron) lo despertó. Altos en la penumbra del cuarto, curiosamente simplificados por la penumbra (siempre en los sueños del temor habían sido más claros), vigilantes, inmóviles y pacientes, bajos los ojos como si el peso de las armas los encorvara, Alejandro Villari y un desconocido lo habían alcanzado, por fin. Con una seña les pidió que esperaran y se dio vuelta contra la pared, como si retomara el sueño. ¿Lo hizo para despertar la misericordia de quienes lo mataron, o porque es menos duro sobrellevar un acontecimiento espantoso que imaginarlo y aguardarlo sin fin, o —y esto es quizá lo más verosímil— para que los asesinos fueran un sueño, como ya lo habían sido tantas veces, en el mismo lugar, a la misma hora?

En esa magia estaba cuando lo borró la descarga.

El hombre en el umbral

Bioy Casares trajo de Londres un curioso puñal de hoja triangular y empuñadura en forma de H; nuestro amigo Christopher Dewey, del Consejo Británico, dijo que tales armas eran de uso común en el Indostán. Ese dictamen lo alentó a mencionar que había trabajado en aquel país, entre las dos guerras. (*Ultra Auroram et Gangen*, recuerdo que dijo en latín, equivocando un verso de Juvenal.) De las historias que esa noche contó, me atrevo a reconstruir la que sigue. Mi texto será fiel: líbreme Alá de la tentación de añadir breves rasgos circunstanciales o de agravar, con interpolaciones de Kipling, el cariz exótico del relato. Éste, por lo demás, tiene un antiguo y simple sabor que sería una lástima perder, acaso el de *Las mil y una noches*.

"La exacta geografía de los hechos que voy a referir importa muy poco. Además, ¿qué precisión guardan en Buenos Aires los nombres de Amritsar o de Udh? Básteme, pues, decir que en aquellos años hubo disturbios en una ciudad musulmana y que el gobierno central envió a un hombre fuerte para imponer el orden. Ese hombre era escocés, de un ilustre clan de guerreros, y en la sangre llevaba una tradición de violencia. Una sola vez lo vieron mis ojos, pero no olvidaré el cabello muy negro, los pómulos salientes, la ávida nariz y la boca, los anchos hombros, la fuerte osatura de viking. David Alexander Glencairn se llamará esta noche en mi historia; los dos nombres convienen, porque fueron de reyes que gobernaron con un cetro de hierro. David Alexander Glencairn (me tendré que habituar a llamarlo así) era, lo sospecho, un hombre temido; el mero anuncio de su advenimiento bastó para apaciguar la ciudad. Ello no impidió que decretara diversas medidas enérgicas. Unos años pasaron. La ciudad y el distrito estaban en paz: sikhs y musulmanes habían depuesto las antiguas discordias y de pronto Glencairn desapareció. Naturalmente, no faltaron rumores de que lo habían secuestrado o matado.

Estas cosas las supe por mi jefe, porque la censura era rígida y los diarios no comentaron (ni siquiera registraron, que yo recuerde) la desaparición de Glencairn. Un refrán dice que la India es más grande que el mundo; Glencairn, tal vez omnipotente en la ciudad que una firma al pie de un decreto le destinó, era una mera cifra en los engranajes de la administración del Imperio. Las pesquisas de la policía local fueron del todo vanas; mi jefe pensó que un particular podría infundir menos recelo y alcanzar mejor éxito. Tres o cuatro días después (las distancias en la India son generosas) yo fatigaba sin mayor esperanza las calles de la opaca ciudad que había escamoteado a un hombre.

Sentí, casi inmediatamente, la infinita presencia de una conjuración para ocultar la suerte de Glencairn. *No hay un alma en esta ciudad* (pude sospechar) *que no sepa el secreto y que no haya jurado guardarlo*. Los más, interrogados, profesaban una ilimitada ignorancia; no sabían quién era Glencairn, no lo habían visto nunca, jamás oyeron hablar de él. Otros, en cambio, lo habían divisado hace un cuarto de hora hablando con Fulano de Tal, y hasta me acompañaban a la casa en que entraron los dos, y en la que nada sabían de ellos, o que acababan de dejar en ese momento. A alguno de esos mentirosos precisos le di con el puño en la cara. Los testigos aprobaron mi desahogo, y fabricaron otras mentiras. No las creí, pero no me atreví a desoírlas. Una tarde me dejaron un sobre con una tira de papel en la que había unas señas...

El sol había declinado cuando llegué. El barrio era popular y humilde; la casa era muy baja; desde la acera entreví una sucesión de patios de tierra y hacia el fondo una claridad. En el último patio se celebraba no sé qué fiesta musulmana; un ciego entró con un laúd de madera rojiza.

A mis pies, inmóvil como una cosa, se acurrucaba en el umbral un hombre muy viejo. Diré cómo era, porque es parte esencial de la historia. Los muchos años lo habían reducido y pulido como las aguas a una piedra o las generaciones de los hombres a una sentencia. Largos harapos lo cubrían, o así me pareció, y el turbante que le rodeaba la cabeza era un jirón más. En el crepúsculo, alzó hacia mí una cara oscura y una barba muy blanca. Le hablé sin preámbulos, porque ya había perdido toda esperanza, de David Alexander Glencairn. No me entendió (tal vez no me oyó) y hube de explicar que era un juez y que yo lo buscaba. Sentí, al decir estas palabras, lo irrisorio de interrogar a aquel hombre antiguo, para quien el presente era apenas un indefinido rumor. *Nuevas de la Rebelión o de Akbar podría dar este hombre* (pensé) *pero no de Glencairn*. Lo que me dijo confirmó esta sospecha.

—¡Un juez! —articuló con débil asombro—. Un juez que se ha perdido y lo buscan. El hecho aconteció cuando yo era niño. No sé de fechas, pero no había muerto aún Nikal Seyn (Nicholson) ante la muralla de Delhi. El tiempo que se fue queda en la memoria; sin duda soy capaz de recuperar lo que entonces pasó. Dios había permitido, en su cólera, que la gente se corrompiera; llenas de maldición estaban las bocas y de engaños y fraude. Sin embargo, no todos eran perversos, y cuando se pregonó que la reina iba a mandar un hombre que ejecutaría en este país la ley de Inglaterra, los menos malos se alegraron, porque sintieron que la ley es mejor que el desorden. Llegó el cristiano y no tardó en prevaricar y oprimir, en paliar delitos abominables y en vender decisiones. No lo culpamos, al principio; la justicia inglesa que administraba no era conocida de nadie y los aparentes atropellos del nuevo juez correspondían acaso a válidas y arcanas razones. *Todo tendrá justificación en su libro*, queríamos pensar, pero su afinidad con todos los malos jueces del mundo era demasiado notoria, y al fin hubimos de admitir que era simplemente un malvado. Llegó a ser un tirano y la pobre gente (para vengarse de la errónea esperanza que alguna vez pusieron en él) dio en jugar con la idea de secuestrarlo y someterlo a juicio. Hablar no basta; de los designios tuvieron que pasar a las obras. Nadie, quizá, fuera de los muy simples o de los muy jóvenes, creyó que ese propósito temerario podría llevarse a cabo, pero miles de *sikhs* y de musulmanes cumplieron su palabra y un día ejecutaron, incrédulos, lo que a cada uno de ellos había parecido imposible. Secuestraron al juez y le dieron por cárcel una alquería en un apartado arrabal.

Después, apalabraron a los sujetos agraviados por él, o (en algún caso) a los huérfanos y a las viudas, porque la espada del verdugo no había descansado en aquellos años. Por fin —esto fue quizá lo más arduo— buscaron y nombraron un juez para juzgar al juez.

Aquí lo interrumpieron unas mujeres que entraban en la casa.

Luego prosiguió, lentamente:

—Es fama que no hay generación que no incluya cuatro hombres rectos que secretamente apuntalan el universo y lo justifican ante el Señor: uno de esos varones hubiera sido el juez más cabal. ¿Pero dónde encontrarlos, si andan perdidos por el mundo y anónimos y no se reconocen cuando se ven y ni ellos mismos saben el alto ministerio que cumplen? Alguien entonces discurrió que si el destino nos vedaba los sabios, había que buscar a los insensatos. Esta opinión prevaleció. Alcoranistas, doctores de la ley, *sikhs* que llevan el nombre de leones y que adoran a un Dios, hindúes que adoran muchedumbres de dioses, monjes de Mahavira que enseñan que la forma del universo es la de un hombre con las piernas abiertas, adoradores del fuego y judíos negros, integraron el tribunal, pero el último fallo fue encomendado al arbitrio de un loco.

Aquí lo interrumpieron unas personas que se iban de la fiesta.

—De un loco —repitió— para que la sabiduría de Dios hablara por su boca y avergonzara las soberbias humanas. Su nombre se ha perdido o nunca se supo, pero andaba desnudo por estas calles, o cubierto de harapos, contándose los dedos con el pulgar y haciendo mofa de los árboles.

Mi buen sentido se rebeló. Dije que entregar a un loco la decisión era invalidar el proceso.

—El acusado aceptó al juez —fue la contestación—. Acaso comprendió que dado el peligro que los conjurados corrían si lo dejaban en libertad, sólo de un loco podía no esperar sentencia de muerte. He oído que se rió cuando le dijeron quién era el juez. Muchos días y noches duró el proceso, por lo crecido del número de testigos.

Se calló. Una preocupación lo trabajaba. Por decir algo, pregunté cuántos días.

—Por lo menos, diecinueve —replicó. Gente que se iba de la fiesta lo volvió a interrumpir; el vino está vedado a los musulmanes, pero las caras y las voces parecían de borrachos. Uno le gritó algo, al pasar.

—Diecinueve días, precisamente —rectificó—. El perro infiel oyó la sentencia, y el cuchillo se cebó en su garganta.

Hablaba con alegre ferocidad. Con otra voz dio fin a la historia:

—Murió sin miedo; en los más viles hay alguna virtud.

—¿Dónde ocurrió lo que has contado? —le pregunté—. ¿En una alquería?

Por primera vez me miró en los ojos. Luego aclaró con lentitud, midiendo las palabras:

—Dije que en una alquería le dieron cárcel, no que lo juzgaron ahí. En esta ciudad lo juzgaron: en una casa como todas, como ésta. Una casa no puede diferir de otra: lo que importa es saber si está edificada en el infierno o en el cielo.

Le pregunté por el destino de los conjurados.

—No sé —me dijo con paciencia—. Estas cosas ocurrieron y se olvidaron hace ya muchos años. Quizá los condenaron los hombres, pero no Dios.

Dicho lo cual, se levantó. Sentí que sus palabras me despedían y que yo había cesado para él, desde aquel momento. Una turba hecha de hombres y mujeres de todas las naciones del Punjab se desbordó, rezando y cantando, sobre nosotros y casi nos barrió: me azoró que de patios tan angostos, que eran poco más que largos zaguanes, pudiera salir tanta gente. Otros salían de las casas del vecindario: sin duda habían saltado las tapias... A fuerza de empujones e imprecaciones me abrí camino. En el último patio me crucé con un hombre desnudo, coronado de flores amarillas, a quien todos besaban y agasajaban, y con una espada en la mano. La espada estaba sucia, porque había dado muerte a Glencairn, cuyo cadáver mutilado encontré en las caballerizas del fondo.

El Aleph

O God!, I could be bounded in a nutshell, and count myself a King of infinite space.

Hamlet, II, 2

But they will teach us that Eternity is the Standing still of the Present Time, a *Nunc-stans* (as the Schools call it); which neither they, nor any else understand, no more than they would a *Hic-stans* for an Infinite greatness of Place.

Leviathan, IV, 46

La candente mañana de febrero en que Beatriz Viterbo murió, después de una imperiosa agonía que no se rebajó un solo instante ni al sentimentalismo ni al miedo, noté que las carteleras de fierro de la Plaza Constitución habían renovado no sé qué aviso de cigarrillos rubios; el hecho me dolió, pues comprendí que el incesante y vasto universo ya se apartaba de ella y que ese cambio era el primero de una serie infinita. Cambiará el universo pero yo no, pensé con melancólica vanidad; alguna vez, lo sé, mi vana devoción la había exasperado; muerta yo podía consagrarme a su memoria, sin esperanza, pero también sin humillación. Consideré que el 30 de abril era su cumpleaños; visitar ese día la casa de la calle Garay para saludar a su padre y a Carlos Argentino Daneri, su primo hermano, era un acto cortés, irreprochable, tal vez ineludible. De nuevo aguardaría en el crepúsculo de la abarrotada salita, de nuevo estudiaría las circunstancias de sus muchos retratos. Beatriz Viterbo, de perfil, en colores; Beatriz, con antifaz, en los carnavales de 1921; la primera comunión de Beatriz; Beatriz, el día de su boda con Roberto Alessandri; Beatriz, poco después del divorcio, en un almuerzo del Club Hípico; Beatriz, en Quilmes, con Delia San Marco Porcel y Carlos Argentino; Beatriz, con el pekinés que le regaló Villegas Haedo; Beatriz, de frente y de tres cuartos, sonriendo, la mano en el mentón... No estaría obligado, como otras veces, a justificar mi presencia con módicas ofrendas de libros: libros cuyas páginas, finalmente, aprendí a cortar, para no comprobar, meses después, que estaban intactos.

Beatriz Viterbo murió en 1929; desde entonces, no dejé pasar un 30 de abril sin volver a su casa. Yo solía llegar a las siete y cuarto y quedarme unos veinticinco minutos; cada año aparecía un poco más tarde y me quedaba un rato más; en 1933, una lluvia torrencial me favoreció: tuvieron que invitarme a comer. No desperdicié, como es natural, ese buen precedente; en 1934, aparecí, ya dadas las ocho, con un alfajor santafecino; con toda naturalidad me quedé a comer. Así, en aniversarios melancólicos y vanamente eróticos, recibí las graduales confidencias de Carlos Argentino Daneri.

Beatriz era alta, frágil, muy ligeramente inclinada; había en su andar (si el oxímoron es tolerable) una como graciosa torpeza, un principio de éxtasis; Carlos Argentino es rosado, considerable, canoso, de rasgos finos. Ejerce no sé qué cargo subalterno en una biblioteca ilegible de los arrabales del Sur; es autoritario, pero también es ineficaz; aprovechaba, hasta hace muy poco, las noches y las fiestas para no salir de su casa. A dos generaciones de distancia, la ese italiana y la copiosa gesticulación italiana sobreviven en él. Su actividad mental es continua, apasionada, versátil y del todo insignificante. Abunda en inservibles analogías y en ociosos escrúpulos. Tiene (como Beatriz) grandes y afiladas manos hermosas. Durante algunos meses padeció la obsesión de Paul Fort, menos por sus baladas que por la idea de una gloria intachable. "Es el Príncipe de los poetas de Francia", repetía con fatuidad. "En vano te revolverás contra él; no lo alcanzará, no, la más inficionada de tus saetas."

El 30 de abril de 1941 me permití agregar al alfajor una botella de coñac del país. Carlos Argentino lo probó, lo juzgó interesante y emprendió, al cabo de unas copas, una vindicación del hombre moderno.

—Lo evoco —dijo con una animación algo inexplicable— en su gabinete de estudio, como si dijéramos en la torre albarrana de una ciudad, provisto de teléfonos, de telégrafos, de fonógrafos, de aparatos de radiotelefonía, de cinematógrafos, de linternas mágicas, de glosarios, de horarios, de prontuarios, de boletines...

Observó que para un hombre así facultado el acto de viajar era inútil; nuestro siglo xx había transformado la fábula de Mahoma y de la montaña; las montañas, ahora, convergían sobre el moderno Mahoma.

Tan ineptas me parecieron esas ideas, tan pomposa y tan vasta su exposición, que las relacioné inmediatamente con la literatura; le dije que por qué no las escribía. Previsiblemente respondió que ya lo había hecho: esos conceptos, y otros no menos novedosos, figuraban en el Canto Augural, Canto Prologal o simplemente Canto-Prólogo de un poema en el que trabajaba hacía muchos años, sin *réclame*, sin bullanga ensordecedora, siempre apoyado en esos dos báculos que se llaman el trabajo y la soledad. Primero abría las compuertas a la imaginación; luego hacía uso de la lima. El poema se titulaba *La Tierra*; tratábase de una descripción del planeta, en la que no faltaban, por cierto, la pintoresca digresión y el gallardo apóstrofe.

Le rogué que me leyera un pasaje, aunque fuera breve. Abrió un cajón del escritorio, sacó un alto legajo de hojas de block estampadas con el membrete de la Biblioteca Juan Crisóstomo Lafinur y leyó con sonora satisfacción.

He visto, como el griego, las urbes de los hombres,
Los trabajos, los días de varia luz, el hambre;
No corrijo los hechos, no falseo los nombres,
Pero el voyage *que narro, es...* autour de ma chambre.

—Estrofa a todas luces interesante —dictaminó—. El primer verso granjea el aplauso del catedrático, del académico, del helenista, cuando no de los eruditos a la violeta, sector considerable de la opinión; el segundo pasa de Homero a Hesíodo (todo un implícito homenaje, en el frontis del flamante edificio, al padre de la poesía didáctica), no sin remozar un procedimiento cuyo abolengo está en la Escritura, la enumeración, congerie o conglobación; el tercero —¿barroquismo, decadentismo, culto depurado y fanático de la forma?— consta de dos hemistiquios gemelos; el cuarto, francamente bilingüe, me asegura el apoyo incondicional de todo espíritu sensible a los desenfadados envites de la facecia. Nada diré de la rima rara ni de la ilustración que me permite ¡sin pedantismo! acumular en cuatro versos tres alusiones eruditas que abarcan treinta siglos de apretada literatura: la primera a la *Odisea*, la segunda a los *Trabajos y días*, la tercera a la bagatela inmortal que nos depararan los ocios de la pluma del saboyano... Comprendo una vez más que el arte moderno exige el bálsamo de la risa, el *scherzo*. ¡Decididamente, tiene la palabra Goldoni!

Otras muchas estrofas me leyó que también obtuvieron su aprobación y su comentario profuso. Nada memorable había en ellas; ni siquiera las juzgué mucho peores que la anterior. En su escritura habían colaborado la aplicación, la resignación y el azar; las virtudes que Daneri les atribuía eran posteriores. Comprendí que el trabajo del poeta no estaba en la poesía; estaba en la invención de razones para que la poesía fuera admirable; naturalmente, ese ulterior trabajo modificaba la obra para él, pero no para otros. La dicción oral de Daneri era extravagante; su torpeza métrica le vedó, salvo contadas veces, trasmitir esa extravagancia al poema.[1]

Una sola vez en mi vida he tenido ocasión de examinar los quince mil dodecasílabos del *Polyolbion*, esa epopeya topográfica en la que Michael Drayton registró la fauna, la flora, la hidrografía, la orografía, la historia militar y monástica de Inglaterra; estoy seguro de que ese producto considerable, pero limitado es menos tedioso que la vasta empresa congénere de Carlos Argentino. Éste se proponía versificar toda la redondez del planeta; en 1941 ya había despachado unas hectáreas del Estado de Queensland, más de un kilómetro del curso del Ob, un gasómetro al norte de Veracruz, las principales casas de comercio de la parroquia de la Concepción, la quinta de Mariana Cambaceres de Alvear en la calle Once de Setiembre, en Belgrano, y un establecimiento de baños

---

1. Recuerdo, sin embargo, estas líneas de una sátira en que fustigó con rigor a los malos poetas:

> *Aqueste da al poema belicosa armadura*
> *De erudición; estotro le da pompas y galas.*
> *Ambos baten en vano las ridículas alas*
> *¡Olvidaron, cuitados, el factor* HERMOSURA*!*

Sólo el temor de crearse un ejército de enemigos implacables y poderosos lo disuadió (me dijo) de publicar sin miedo el poema.

turcos no lejos del acreditado acuario de Brighton. Me leyó ciertos laboriosos pasajes de la zona australiana de su poema; esos largos e informes alejandrinos carecían de la relativa agitación del prefacio. Copio una estrofa:

Sepan. A manderecha del poste rutinario
(Viniendo, claro está, desde el Nornoroeste)
Se aburre una osamenta —¿Color? Blanquiceleste—
Que da al corral de ovejas catadura de osario.

—¡Dos audacias —gritó con exultación— rescatadas, te oigo mascullar, por el éxito! Lo admito, lo admito. Una, el epíteto rutinario, que certeramente denuncia, *en passant*, el inevitable tedio inherente a las faenas pastoriles y agrícolas, tedio que ni las *Geórgicas* ni nuestro ya laureado *Don Segundo* se atrevieron jamás a denunciar así, al rojo vivo. Otra, el enérgico prosaísmo *se aburre una osamenta*, que el melindroso querrá excomulgar con horror pero que apreciará más que su vida el crítico de gusto viril. Todo el verso, por lo demás, es de muy subidos quilates. El segundo hemistiquio entabla animadísima charla con el lector; se adelanta a su viva curiosidad, le pone una pregunta en la boca y la satisface... al instante. ¿Y qué me dices de ese hallazgo, *blanquiceleste*? El pintoresco neologismo *sugiere* el cielo, que es un factor importantísimo del paisaje australiano. Sin esa evocación resultarían demasiado sombrías las tintas del boceto y el lector se vería compelido a cerrar el volumen, herida en lo más íntimo el alma de incurable y negra melancolía.

Hacia la medianoche me despedí.

Dos domingos después, Daneri me llamó por teléfono, entiendo que por primera vez en la vida. Me propuso que nos reuniéramos a las cuatro, "para tomar juntos la leche, en el contiguo salón-bar que el progresismo de Zunino y de Zungri —los propietarios de mi casa, recordarás— inaugura en la esquina; confitería que te importará conocer". Acepté, con más resignación que entusiasmo. Nos fue difícil encontrar mesa; el "salón-bar", inexorablemente moderno, era apenas un poco menos atroz que mis previsiones; en las mesas vecinas, el excitado público mencionaba las sumas invertidas sin regatear por Zunino y por Zungri. Carlos Argentino fingió asombrarse de no sé qué primores de la instalación de la luz (que, sin duda, ya conocía) y me dijo con cierta severidad:

—Mal de tu grado habrás de reconocer que este local se parangona con los más encopetados de Flores.

Me releyó, después, cuatro o cinco páginas del poema. Las había corregido según un depravado principio de ostentación verbal: donde antes escribió *azulado*, ahora abundaba en *azulino*, *azulenco* y hasta *azulillo*. La palabra *lechoso* no era bastante fea para él; en la impetuosa descripción de un lavadero de lanas, prefería *lactario*, *lacticinoso*, *lactescente*, *lechal*... Denostó con amargura a los críticos; luego, más benigno, los equiparó a esas personas, "que no disponen de metales preciosos ni tampoco de prensas de vapor, laminadores y ácidos sulfúricos para la acuñación de tesoros, pero que pueden *indicar* a los *otros el sitio* de un tesoro". Acto continuo censuró la *prologomanía*, "de la que ya hizo mofa, en la donosa prefación del Quijote, el Príncipe de los Ingenios". Admitió, sin embargo, que en la portada de la nueva obra convenía el prólogo vistoso, el espaldarazo firmado por el plumífero de garra, de fuste. Agregó que pensaba publicar los cantos iniciales de su poema. Comprendí, entonces, la singular invitación telefónica; el hombre iba a pedirme que prologara su pedantesco fárrago. Mi temor resultó infundado: Carlos Argentino observó, con admiración rencorosa, que no creía errar el epíteto al calificar de sólido el prestigio logrado en todos los círculos por Álvaro Melián Lafinur, hombre de letras, que, si yo me empeñaba, prologaría con embeleso el poema. Para evitar el más imperdonable de los fracasos, yo tenía que hacerme portavoz de dos méritos inconcusos: la perfección formal y el rigor científico, "porque ese dilatado jardín de tropos, de figuras, de galanuras, no tolera un solo detalle que no confirme la severa verdad". Agregó que Beatriz siempre se había distraído con Álvaro.

Asentí, profusamente asentí. Aclaré, para mayor verosimilitud, que no hablaría el lunes con Álvaro, sino el jueves: en la pequeña cena que suele coronar toda reunión del Club de Escritores. (No hay tales cenas, pero es irrefutable que las reuniones tienen lugar los jueves, hecho que Carlos Argentino Daneri podía comprobar en los diarios y que dotaba de cierta realidad a la frase.) Dije, entre adivinatorio y sagaz, que antes de abordar el tema del prólogo, describiría el curioso plan de la obra. Nos despedimos; al doblar por Bernardo de Irigoyen, encaré con toda imparcialidad los porvenires que me quedaban: a) hablar con Álvaro y decirle que el primo hermano aquel de Beatriz (ese eufemismo explicativo me permitiría nombrarla) había elaborado un poema que parecía dilatar hasta lo infinito las posibilidades de la cacofonía y del caos; b) no hablar con Álvaro. Preví, lúcidamente, que mi desidia optaría por b.

A partir del viernes a primera hora, empezó a inquietarme el teléfono. Me indignaba que ese instrumento, que algún día produjo la irrecuperable voz de Beatriz, pudiera rebajarse a receptáculo de las inútiles y quizá coléricas quejas de ese engañado Carlos Argentino Daneri. Felizmente, nada ocurrió —salvo el rencor inevitable que me inspiró aquel hombre que me había impuesto una delicada gestión y luego me olvidaba.

El teléfono perdió sus terrores, pero a fines de octubre, Carlos Argentino me habló. Estaba agitadísimo; no identifiqué su voz, al principio. Con tristeza y con ira balbuceó que esos ya ilimitados Zunino y Zungri, so pretexto de ampliar su desaforada confitería, iban a demoler su casa.

—¡La casa de mis padres, mi casa, la vieja casa inveterada de la calle Garay! —repitió, quizá olvidando su pesar en la melodía.

No me resultó muy difícil compartir su congoja. Ya cumplidos los cuarenta años, todo cambio es un símbolo detestable del pasaje del tiempo; además, se trataba de una casa que, para mí, aludía infinitamente a Beatriz. Quise aclarar ese delicadísimo rasgo; mi interlocutor no me oyó. Dijo que si Zunino y Zungri persistían en ese propósito absurdo, el doctor Zunni, su abogado, los demandaría *ipso facto* por daños y perjuicios y los obligaría a abonar cien mil nacionales.

El nombre de Zunni me impresionó; su bufete, en Caseros y Tacuarí, es de una seriedad proverbial. Interrogué si éste se había encargado ya del asunto. Daneri dijo que le hablaría esa misma tarde. Vaciló y con esa voz llana, impersonal, a que solemos recurrir para confiar algo muy íntimo, dijo que para terminar el poema le era indispensable la casa, pues en un ángulo del sótano había un Aleph. Aclaró que un Aleph es uno de los puntos del espacio que contiene todos los puntos.

—Está en el sótano del comedor —explicó, aligerada su dicción por la angustia—. Es mío, es mío: yo lo descubrí en la niñez, antes de la edad escolar. La escalera del sótano es empinada, mis tíos me tenían prohibido el descenso, pero alguien dijo que había un mundo en el sótano. Se refería, lo supe después, a un baúl, pero yo entendí que había un mundo. Bajé secretamente, rodé por la escalera vedada, caí. Al abrir los ojos, vi el Aleph.

—¿El Aleph? —repetí.

—Sí, el lugar donde están, sin confundirse, todos los lugares del orbe, vistos desde todos los ángulos. A nadie revelé mi descubrimiento, pero volví. ¡El niño no podía comprender que le fuera deparado ese privilegio para que el hombre burilara el poema! No me despojarán Zunino y Zungri, no y mil veces no. Código en mano, el doctor Zunni probará que es *inajenable* mi Aleph.

Traté de razonar.

—Pero, ¿no es muy oscuro el sótano?

—La verdad no penetra en un entendimiento rebelde. Si todos los lugares de la tierra están en el Aleph, ahí estarán todas las luminarias, todas las lámparas, todos los veneros de luz.

—Iré a verlo inmediatamente.

Corté, antes de que pudiera emitir una prohibición. Basta el conocimiento de un hecho para percibir en el acto una serie de rasgos confirmatorios, antes insospechados; me asombró no haber comprendido hasta ese momento que Carlos Argentino era un loco. Todos esos Viterbo, por lo demás... Beatriz (yo mismo suelo repetirlo) era una mujer, una niña de una clarividencia casi implacable, pero había en ella negligencias, distracciones, desdenes, verdaderas crueldades, que tal vez reclamaban una explicación patológica. La locura de Carlos Argentino me colmó de maligna felicidad; íntimamente, siempre nos habíamos detestado.

En la calle Garay, la sirvienta me dijo que tuviera la bondad de esperar. El niño estaba, como siempre, en el sótano, revelando fotografías. Junto al jarrón sin una flor, en el piano inútil, sonreía (más intemporal que anacrónico) el gran retrato de Beatriz, en torpes colores. No podía vernos nadie; en una desesperación de ternura me aproximé al retrato y le dije:

—Beatriz, Beatriz Elena, Beatriz Elena Viterbo, Beatriz querida, Beatriz perdida para siempre, soy yo, soy Borges.

Carlos entró poco después. Habló con sequedad; comprendí que no era capaz de otro pensamiento que de la perdición del Aleph.

—Una copita del seudo coñac —ordenó— y te zampuzarás en el sótano. Ya sabes, el decúbito dorsal es indispensable. También lo son la oscuridad, la inmovilidad, cierta acomodación ocular. Te acuestas en el piso de baldosas y fijas los ojos en el décimonono escalón de la pertinente escalera. Me voy, bajo la trampa y te quedas solo. Algún roedor te mete miedo ¡fácil empresa! A los pocos minutos ves el Aleph. ¡El microcosmo de alquimistas y cabalistas, nuestro concreto amigo proverbial, el *multum in parvo*!

Ya en el comedor, agregó:

—Claro está que si no lo ves, tu incapacidad no invalida mi testimonio... Baja; muy en breve podrás entablar un diálogo con *todas* las imágenes de Beatriz.

Bajé con rapidez, harto de sus palabras insustanciales. El sótano, apenas más ancho que la escalera, tenía mucho de pozo. Con la mirada, busqué en vano el baúl de que Carlos Argentino me habló. Unos cajones con botellas y unas bolsas de lona entorpecían un ángulo. Carlos tomó una bolsa, la dobló y la acomodó en un sitio preciso.

—La almohada es humildosa —explicó—, pero si la levanto un solo centímetro, no verás ni una pizca y te quedas corrido y avergonzado. Repantiga en el suelo ese corpachón y cuenta diecinueve escalones.

Cumplí con sus ridículos requisitos; al fin se fue. Cerró cautelosamente la trampa; la oscuridad, pese a una hendija que después distinguí, pudo parecerme total. Súbitamente comprendí mi peligro: me había dejado soterrar por un loco, luego de tomar un veneno. Las bravatas de Carlos trasparentaban el íntimo terror de que yo no viera el prodigio; Carlos, para defender su delirio, para no saber que estaba loco, *tenía que matarme*. Sentí un confuso malestar, que traté de atribuir a la rigidez, y no a la operación de un narcótico. Cerré los ojos, los abrí. Entonces vi el Aleph.

Arribo, ahora, al inefable centro de mi relato; empieza, aquí, mi desesperación de escritor. Todo lenguaje es un alfabeto de símbolos cuyo ejercicio presupone un pasado que los interlocutores comparten; ¿cómo trasmitir a los otros el infinito Aleph, que mi temerosa memoria apenas abarca? Los místicos, en análogo trance, prodigan los emblemas: para significar la divinidad, un persa habla de un pájaro que de algún modo es todos los pájaros; Alanus de Insulis, de una esfera cuyo centro está en todas partes y la circunferencia en ninguna; Ezequiel, de un ángel de cuatro caras que a un tiempo se dirige al oriente y al occidente, al norte y al sur. (No en vano rememoro esas inconcebibles analogías; alguna relación tienen con el Aleph.) Quizá los dioses no me negarían un hallazgo de una imagen equivalente, pero este informe quedaría contaminado de literatura, de falsedad. Por lo demás, el problema central es irresoluble: la enumeración, siquiera parcial, de un conjunto infinito. En ese instante gigantesco, he visto millones de actos deleitables o atroces; ninguno me asombró como el hecho de que todos ocuparan el mismo punto, sin superposición y sin trasparencia. Lo que vieron mis ojos fue simultáneo: lo que transcribiré, sucesivo, porque el lenguaje lo es. Algo, sin embargo, recogeré.

En la parte inferior del escalón, hacia la derecha, vi una pequeña esfera tornasolada, de casi intolerable fulgor. Al principio la creí giratoria; luego comprendí que ese movimiento era una ilusión producida por los vertiginosos espectáculos que encerraba. El diámetro del Aleph sería de dos o tres centímetros, pero el espacio cósmico estaba ahí, sin disminución de tamaño. Cada cosa (la luna del espejo, digamos) era infinitas cosas, porque yo claramente la veía desde todos los puntos del universo. Vi el populoso mar, vi el alba y la tarde, vi las muchedumbres de América, vi una plateada telaraña en el centro de una negra pirámide, vi un laberinto roto (era Londres), vi interminables ojos inmediatos escrutándose en mí como en un espejo, vi todos los espejos del planeta y ninguno me reflejó, vi en un traspatio de la calle Soler las mismas baldosas que hace treinta años vi en el zaguán de una casa en Fray Bentos, vi racimos, nieve, tabaco, vetas de metal, vapor de agua, vi convexos desiertos ecuatoriales y cada uno de sus granos de arena, vi en Inverness a una mujer que no olvidaré, vi la violenta cabellera, el altivo cuerpo, vi un cáncer en el pecho, vi un círculo de tierra seca en una vereda, donde antes hubo un árbol, vi una quinta de Adrogué, un ejemplar de la primera versión inglesa de Plinio, la de Philemon Holland, vi a un tiempo cada letra de cada página (de chico, yo solía maravillarme de que las letras de un volumen cerrado no se mezclaran y perdieran en el decurso de la noche), vi la noche y el día contemporáneo, vi un poniente en Querétaro que parecía reflejar el color de una rosa en Bengala, vi mi dormitorio sin nadie, vi en un gabinete de Alkmaar un globo terráqueo entre dos espejos que lo multiplican sin fin, vi caballos de crin arremolinada, en una playa del Mar Caspio en el alba, vi la delicada osatura de una mano, vi a los sobrevivientes de una batalla, enviando tarjetas postales, vi en un escaparate de Mirzapur una baraja española, vi las sombras oblicuas de unos helechos en el suelo de un invernáculo, vi tigres, émbolos, bisontes, marejadas y ejércitos, vi todas las hormigas que hay en la tierra, vi un astrolabio persa, vi en un cajón del escritorio (y la letra me hizo temblar) cartas obscenas, increíbles, precisas, que Beatriz había dirigido a Carlos Argentino, vi un adorado monumento en la Chacarita, vi la reliquia atroz de lo que deliciosamente había sido Beatriz Viterbo, vi la circulación de mi oscura sangre, vi el engranaje del amor y la modificación de la muerte, vi el Aleph, desde todos los puntos, vi en el Aleph la tierra, y en la tierra otra vez el Aleph y en el Aleph la tierra, vi mi cara y mis vísceras, vi tu cara, y sentí vértigo y lloré, porque mis ojos habían visto ese objeto secreto y conjetural, cuyo nombre usurpan los hombres, pero que ningún hombre ha mirado: el inconcebible universo.

Sentí infinita veneración, infinita lástima.

—Tarumba habrás quedado de tanto curiosear donde no te llaman —dijo una voz aborrecida y jovial—. Aunque te devanes los sesos, no me pagarás en un siglo esta revelación. ¡Qué observatorio formidable, che Borges!

Los zapatos de Carlos Argentino ocupaban el escalón más alto. En la brusca penumbra, acerté a levantarme y a balbucear:

—Formidable. Sí, formidable.

La indiferencia de mi voz me extrañó. Ansioso, Carlos Argentino insistía:

—¿Lo viste todo bien, en colores?

En ese instante concebí mi venganza. Benévolo, manifiestamente apiadado, nervioso, evasivo, agradecí a Carlos Argentino Daneri la hospitalidad de su sótano y lo insté a aprovechar la demolición de la casa para alejarse de la perniciosa metrópoli, que a nadie ¡créame, que a nadie! perdona. Me negué, con suave energía, a discutir el Aleph; lo abracé, al despedirme, y le repetí que el campo y la serenidad son dos grandes médicos.

En la calle, en las escaleras de Constitución, en el subterráneo, me parecieron familiares todas las caras. Temí que no quedara una sola cosa capaz de sorprenderme, temí que no me abandonara jamás la impresión de volver.

Felizmente, al cabo de unas noches de insomnio, me trabajó otra vez el olvido.

Posdata del primero de marzo de 1943. A los seis meses de la demolición del inmueble de la calle Garay, la Editorial Procusto no se dejó arredrar por la longitud del considerable poema y lanzó al mercado una selección de "trozos argentinos". Huelga repetir lo ocurrido; Carlos Argentino Daneri recibió el Segundo Premio Nacional de Literatura.[1] El primero fue otorgado al doctor Aita; el tercero, al doctor Mario Bonfanti; increíblemente, mi obra *Los naipes del tahúr* no logró un solo voto. ¡Una vez más, triunfaron la incomprensión y la envidia! Hace ya mucho tiempo que no consigo ver a Daneri; los diarios dicen que pronto nos dará otro volumen. Su afortunada pluma (no entorpecida ya por el Aleph) se ha consagrado a versificar los epítomes del doctor Acevedo Díaz.

Dos observaciones quiero agregar: una, sobre la naturaleza del Aleph; otra, sobre su nombre. Éste, como es sabido, es el de la primera letra del alfabeto de la lengua sagrada. Su aplicación al disco de mi historia no parece casual. Para la Cábala, esa letra significa el En Soph, la ilimitada y pura divinidad; también se dijo que tiene la forma de un hombre que señala el cielo y la tierra, para indicar que el mundo inferior es el espejo y es el mapa del superior; para la *Mengenlehre*, es el símbolo de los números

---

1. "Recibí tu apenada congratulación", me escribió. "Bufas, mi lamentable amigo, de envidia, pero confesarás —¡aunque te ahogue!— que esta vez pude coronar mi bonete con la más roja de las plumas; mi turbante, con el más *califa* de los rubíes."

transfinitos, en los que el todo no es mayor que alguna de las partes. Yo querría saber: ¿Eligió Carlos Argentino ese nombre, o lo leyó, *aplicado a otro punto donde convergen todos los puntos*, en alguno de los textos innumerables que el Aleph de su casa le reveló? Por increíble que parezca, yo creo que hay (o que hubo) otro Aleph, yo creo que el Aleph de la calle Garay era un falso Aleph.

Doy mis razones. Hacia 1867 el capitán Burton ejerció en el Brasil el cargo de cónsul británico; en julio de 1942 Pedro Henríquez Ureña descubrió en una biblioteca de Santos un manuscrito suyo que versaba sobre el espejo que atribuye el Oriente a Iskandar Zu al-Karnayn, o Alejandro Bicorne de Macedonia. En su cristal se reflejaba el universo entero. Burton menciona otros artificios congéneres —la séptuple copa de Kai Josrú, el espejo que Tárik Benzeyad encontró en una torre (*Las mil y una noches*, 272), el espejo que Luciano de Samosata pudo examinar en la luna (*Historia Verdadera*, I, 26), la lanza especular que el primer libro del *Satyricon* de Capella atribuye a Júpiter, el espejo universal de Merlín "redondo y hueco y semejante a un mundo de vidrio" (*The Faerie Queene*, III, 2, 19)— y añade estas curiosas palabras: "Pero los anteriores (además del defecto de no existir) son meros instrumentos de óptica. Los fieles que concurren a la mezquita de Amr, en El Cairo, saben muy bien que el universo está en el interior de una de las columnas de piedra que rodean el patio central... Nadie, claro está, puede verlo, pero quienes acercan el oído a la superficie, declaran percibir, al poco tiempo, su atareado rumor... La mezquita data del siglo VII; las columnas proceden de otros templos de religiones anteislámicas, pues como ha escrito Abenjaldún: "En las repúblicas fundadas por nómadas, es indispensable el concurso de forasteros para todo lo que sea albañilería".

¿Existe ese Aleph en lo íntimo de una piedra? ¿Lo he visto cuando vi todas las cosas y lo he olvidado? Nuestra mente es porosa para el olvido; yo mismo estoy falseando y perdiendo, bajo la trágica erosión de los años, los rasgos de Beatriz.

A Estela Canto

EPÍLOGO

Fuera de "Emma Zunz" (cuyo argumento espléndido, tan superior a su ejecución temerosa, me fue dado por Cecilia Ingenieros) y de la "Historia del guerrero y de la cautiva" que se propone interpretar dos hechos fidedignos, las piezas de este libro corresponden al género fantástico. De todas ellas, la primera es la más trabajada; su tema es el efecto que la inmortalidad causaría en los hombres. A ese bosquejo de una ética para inmortales, lo sigue "El muerto": Azevedo Bandeira, en ese relato, es un hombre de Rivera o de Cerro Largo y es también una tosca divinidad, una versión mulata y cimarrona del incomparable Sunday de Chesterton. (El capítulo XXIX del *Decline and Fall of the Roman Empire* narra un destino parecido al de Otálora, pero harto más grandioso y más increíble.) De "Los teólogos" basta escribir que son un sueño, un sueño más bien melancólico, sobre la identidad personal; de la "Biografía de Tadeo Isidoro Cruz", que es una glosa del *Martín Fierro*. A una tela de Watts, pintada en 1896, debo "La casa de Asterión" y el carácter del pobre protagonista. "La otra muerte" es una fantasía sobre el tiempo, que urdí a la luz de unas razones de Pier Damiani. En la última guerra nadie pudo anhelar más que yo que fuera derrotada Alemania; nadie pudo sentir más que yo lo trágico del destino alemán; "Deutsches Requiem" quiere entender ese destino, que no supieron llorar, ni siquiera sospechar, nuestros "germanófilos", que nada saben de Alemania. "La escritura del dios" ha sido generosamente juzgada; el jaguar me obligó a poner en boca de un "mago de la pirámide de Qaholom", argumentos de cabalista o de teólogo. En "El Zahir" y "El Aleph" creo notar algún influjo del cuento "The Cristal Egg" (1899) de Wells.

J. L. B.

Buenos Aires, 3 de mayo de 1949

Posdata de 1952. Cuatro piezas he incorporado a esta reedición "Abenjacán el Bojarí, muerto en su laberinto" no es (me aseguran) memorable a pesar de su título tremebundo. Podemos considerarlo una variación de "Los dos reyes y los dos laberintos" que los copistas intercalaron en *Las mil y una noches* y que omitió el prudente Galland. De "La espera" diré que la sugirió una crónica policial que Alfredo Doblas me leyó, hará diez años, mientras clasificábamos libros según el manual del Instituto Bibliográfico de Bruselas, código del que todo he olvidado, salvo que a Dios le corresponde la cifra 231. El sujeto de la crónica era turco; lo hice italiano para intuirlo con más facilidad. La momentánea y repetida visión de un hondo conventillo que hay a la vuelta de la calle Paraná, en Buenos Aires, me deparó la historia que se titula "El hombre en el umbral"; la situé en la India para que su inverosimilitud fuera tolerable.

J. L. B.

ÍNDICE